북즐 활용 시리즈 16

웹 문서, 모바일 문장 제대로 고쳐쓰기

(바른 우리말)

16

북즐
활용 시리즈

웹 문서, 모바일 문장 제대로 고쳐쓰기
(바른 우리말)

펴 낸 날 초판 1쇄 2020년 7월 24일

지 은 이 박기원
펴 낸 곳 투데이북스
펴 낸 이 이시우
교정 · 교열 박기원
편집 디자인 박정호
출판등록 2011년 3월 17일 제 307-2013-64 호
주 소 서울특별시 성북구 아리랑로 19길 86, 상가동 104호
대표전화 070-7136-5700 팩 스 02) 6937-1860
홈페이지 http://www.todaybooks.co.kr
페이스북 http://www.facebook.com/todaybooks
전자우편 ec114@hanmail.net

ISBN 978-89-98192-89-1 03800

이 도서의 국립중앙도서관 출판예정도서목록(CIP)은 서지정보유통지원시스템 홈페이지(http://seoji.nl.go.kr)와 국가자료종합목록 구축시스템(http://kolis-net.nl.go.kr)에서 이용하실 수 있습니다. (CIP제어번호 : CIP2020027278)

16
북즐
활용 시리즈

웹 문서, 모바일 문장 제대로 고쳐쓰기 (바른 우리말)

박기원 지음

머리말

다음은 필자가 웹 문서(홈페이지)를 볼 때마다 마음속으로 자주 하는 말입니다.

'왜 이렇게 어색한 표현이 많이 보이지?'

수많은 기업과 공공기관에서 운영하고 하는 있는 홈페이지에서 그만큼 잘못 쓰인 부분과 어색한 표현 등이 많이 보이기 때문입니다.

특히 홈페이지는 해당 조직의 온라인 대문이라고도 할 수 있으므로 내용을 작성할 때 신경을 더욱 많이 써야 하는데도 그렇지 않으니 안타까운 일입니다. 그런 상태가 개선되지 않고 있으니 그야말로 방치되어 있다고도 할 수 있습니다.

이렇게 홈페이지들에서 문제점들이 자주 발견되는 것은 어쩌면 당연한 일인지도 모릅니다. 독서량, 글을 쓸 수 있는 기회, 체계적인 문서 교육 등이 부족하고 우리말을 제대로 쓰는 것에 대한 인식도 미흡하기 때문입니다.

전 세계에서 과학적이고 우수한 언어로 평가받는 우리말이기에 안타깝고 부끄러운 현실이라고 할 수 있습니다.

한편, 기업 내에서 모바일 문장(카톡 글)도 잘못 쓰이는 경우가 무척 많습니다.

웹 문서(홈페이지)나 모바일 문장(카톡 글)에서 우리말을 제대로 쓰지 못하면 다음과 같은 문제점이 발생할 수도 있습니다.

첫째, 문서나 홈페이지 내용을 통해 전달하고자 하는 것을 정확하게 전달하지 못할 수도 있습니다. 즉, 문서를 작성하는 사람, 홈페이지를 만든 조직과 이를 읽는 사람들과의 의사소통이 원활하지 못할 수 있습니다.

둘째, 문서를 작성하는 사람의 업무 태도나 작문 능력을 낮게 평가받을 수 있습니다.

셋째, 해당 조직의 고객 마인드나 신뢰성을 의심받을 수도 있습니다.

넷째, 문서를 점검하고 고치는 데 그만큼 시간이 소요되기 때문에 효율성이 낮아집니다.

이 책에서는 웹 문서(홈페이지)나 모바일 문장(카톡 글)에서 잘못 쓰인 사례들이 소개되어 있습니다. 목차는 홈페이지 인사말, 홈페이지 연혁, 비전·미션·전략·CI 소개, 사업 소개·서비스 소개, 제품 소개, 인사 제도·복리후생, 고객센터, 모바일 문장으로 구성되었습니다.

우리말을 제대로 쓴다는 것이 결코 쉬운 일은 아닙니다. 하지만 우리말에 대한 애정과 관심을 바탕으로 차근차근히 역량을 키워 나간다면 개인은 물론 조직의 소통 역량이 실질적으로 향상될 것입니다.

이 책과 인연을 맺은 분들이 웹 문서(홈페이지 내용)나 모바일 문장(카톡 글, 문자 메시지)을 우리말의 문법에 맞게 그리고 우리말답게 쓰는 데 도움이 되었으면 하는 게 제 바람입니다.

끝으로 이 책이 나오기까지 여러모로 노력해 주신 투데이북스의 이시우 대표님, 부족한 저에게 많은 격려를 해 준 여러 지인에게 감사하다는 말을 전하고 싶습니다.

2020년 7월

저자 박기원

CONTENTS

제5장
제품 소개

제6장
인사 제도·복리후생

제7장
고객센터

제8장
모바일 문장

제 1 장

홈페이지 인사말

가장 헛되이 지낸 날은 웃지 않은 날이다.

– 니콜라스 샹포르 –

01 홈페이지 인사말

가. 맞춤법

저희 회사는 쉬지 않고 밝은 미래로 **나가고** 있습니다.
→ 저희 회사는 쉬지 않고 밝은 미래로 **나아가고** 있습니다.

'미래'라고 하는 목적하는 방향을 향해 가는 것을 뜻하므로 '나아가다'를 쓰는 것이 올바릅니다.

어떤 가치를 **창출하는지 여부가** 관심의 대상입니다.
→ 어떤 가치를 **창출하는지가** 관심의 대상입니다.

'여부'는 그러함과 그러하지 아니함을 뜻하는 말입니다. '합격 여부', '등록 여부'처럼 '여부' 앞에는 주로 명사가 와서 꾸며 줍니다. '~는지 여부'라는 표현은 의미가 중복되므로 '창출하는지 여부가'를 '창출하는지가'로 바꿔 써야 하겠습니다.

보안 서비스 시장이 날로 **증가하고** 있습니다.
→ 보안 서비스 시장이 날로 **확대되고** 있습니다.

'시장이'가 주어이므로 규모가 크게 된다는 의미로 '확대되다'로 표현하는 것이 더 자연스럽겠습니다. '증가하다'는 '양이나 수치가

늘다'의 의미임을 참고하시기 바랍니다.

㈜OOO는 1962년부터 ** 사업을 **영위한** 회사다.
→ ㈜OOO는 1962년부터 ** 사업을 **영위해 온** 회사다

과거부터 계속 진행되었음을 말하는 문장이므로, '영위해 온'으로 쓰는 것이 바릅니다.

A사는 **단기간의 고도성장을 이루면서** 업계에서 널리 알려졌다.
→ A사는 **단기간에 고도로 성장하면서** 업계에서 널리 알려졌다.

'성장(成長)'의 '성(成)'은 '이루다'를 뜻합니다. 뒤에도 '이루면서'라는 말이 나오므로 중복이 됩니다. '단기간의 고도성장을 이루면서'를 '단기간에 고도로 성장하면서'로 고쳐 써야 하겠습니다.

이런 문화가 회사를 강하게 **만드는 역할을 하고 있습니다.**
→ 이런 문화가 회사를 강하게 **만듭니다.**

원 문장에서 '역할'은 군더더기입니다. 즉 이 말이 없어도 문장 흐름에 전혀 영향을 주지 않습니다.

우리 회사는 **고객이 필요로 하는** 서비스의 개발에 최선을 다하겠습니다.
→ 우리 회사는 **고객에게 필요한** 서비스의 개발에 최선을 다하겠습니다.

'필요로 하다'는 영어 번역 투 표현입니다. 따라서 '고객이 필요로

하는'을 '고객에게 필요한'으로 고쳐 주면 좋겠습니다.

고객 여러분의 **많은 응원과 지도편달을 부탁드립니다.**
→ 고객 여러분께서 **많이 응원해주시고, 가르쳐 주시길 바랍니다.**

'지도편달'은 '바른 길로 가도록 가르쳐 이끌며 경계하고 격려함.'이라는 뜻인데, 여기에는 응원의 뜻이 담겨 있습니다.

대중들이 이 시스템을 더욱 편리하게 이용할 수 있도록 계속 노력하겠습니다.
→ **대중이** 이 시스템을 더욱 편리하게 이용할 수 있도록 계속 노력하겠습니다.

대중들, 민중들 등은 신문 기사, 서적 등에서 자주 볼 수 있는 말입니다. 그만큼 많은 사람이 잘못 쓰고 있습니다. '중(衆)'은 무리를 뜻하는 말이기에 이 말 자체에 이미 복수의 의미가 담겨 있습니다. 따라서 '들'을 빼고 '대중'으로 써야 하겠습니다.

저희 홈페이지를 방문하신 **여러분 안녕하십니까**
→ 저희 홈페이지를 방문하신 **여러분, 안녕하십니까?**

'여러분'은 상대방을 부르는 말이므로 쉼표(,)를 써야 합니다. 아울러 '안녕하십니까'의 뒤에는 물음표(?)를 써야 합니다.

회원사들 간의 소통이 더욱 **확대되어** 나가야 한다고 봅니다.
→ 회원사들 간의 소통을 더욱 **확대해** 나가야 한다고 봅니다.

피동형보다는 능동형으로 표현해야 우리말다운 느낌이 듭니다.

윤리경영을 통한 **부단한 경영 혁신과 끊임없는 가치 창출로** 지속가능 경영 체제를 완비하도록 하겠습니다.
→ 윤리경영을 통한 **경영 혁신과 가치 창출을 끊임없이 실현하여** 지속가능 경영 체제를 완비하도록 하겠습니다.

'부단한'과 '끊임없는'은 의미가 같은 말이므로 문장 안에서 하나만 쓰는 게 좋겠습니다. '부단한 경영 혁신과 끊임없는 가치 창출로'를 '경영 혁신과 가치 창출을 끊임없이 실현하여'로 고쳐 주면 되겠습니다.

비전 달성이라는 **단일한** 목표 아래 저희는 한마음으로 최선을 다하고 있습니다.
→ 비전 달성이라는 **하나의** 목표 아래 저희는 한마음으로 최선을 다하고 있습니다.

한자어가 들어간 '단일한'이라는 말 대신 순 우리말인 '하나의'를 쓰는 게 좋겠습니다.

사회적 **현안 문제의** 해결에 역점을 두고 연구를 수행하고 있습니다.
→ 사회적 **현안의** 해결에 역점을 두고 연구를 수행하고 있습니다.

'현안(懸案)'의 뜻은 '이전부터 의논하여 오면서도 아직 해결되지 않은 채 남아 있는 문제나 의안'입니다. 따라서 '현안 문제'는 겹말이 됩니다.

OO는 설립 이래 지금까지 국민경제의 균형발전을 위해 **부단히** 달려왔습니다.
→ OO는 설립 이래 지금까지 국민경제의 균형발전을 위해 **끊임없이** 달려왔습니다.

한자어가 들어간 '부단(不斷)히'는 읽을 때 딱딱한 느낌을 줍니다. 이를 순 우리말인 '끊임없이'로 고쳐 주면 부드럽게 읽을 수 있습니다.

농어민의 사랑받는 OO가 되겠습니다.
→ **농어민이 사랑하는** OO가 되겠습니다.

'농어민이 사랑하는 OO'처럼 주동 표현을 쓰면 의미가 정확하고 우리말답게 느껴집니다.

우수한 성과를 거둘 수 있도록 **보다 더** 노력하겠습니다.
→ 우수한 성과를 거둘 수 있도록 **더욱더** 노력하겠습니다.

'보다 더'는 외국어 번역 투이므로 이를 좀 더 우리말다운 표현인 '더욱더'로 바꾸어 쓰면 좋겠습니다.

대표이사를 **위시한** 전 임직원이 많이 노력하고 있습니다.
→ 대표이사를 **비롯한** 전 임직원이 많이 노력하고 있습니다.

'위시(爲始)'의 뜻은 '여럿 중에서 어떤 대상을 첫 자리 또는 대표로 삼다.'입니다. 이는 어려운 한자어이기 때문에 '비롯하다'로 순화해 주는 것이 좋겠습니다.

우리 회사는 품질을 **최우선으로** 제품을 만들고 있습니다.
→ 우리 회사는 품질을 **최우선으로 하여** 제품을 만들고 있습니다.

'최우선으로 제품을 만들고'도 틀린 표현은 아닙니다만 '최우선으로 하여 제품을 만들고'로 고쳐 쓰면 의미를 더욱 명확하게 전달할 수 있습니다.

회원사들이 사업에 전념할 수 **있는** 환경을 정비하였습니다.
→ 회원사들이 사업에 전념할 수 **있도록** 환경을 정비하였습니다.

정비하다는 '흐트러진 체계를 정리하여 제대로 갖추다./기계나 설비가 제대로 작동하도록 보살피고 손질하다./도로나 시설 따위가 제 기능을 하도록 정리하다.'의 의미로 쓰이므로 위 문장에서 '전념할 수 있는 환경을 정비하였습니다.'는 자연스러운 표현이 아닙니다. '전념할 수 있도록 환경을 정비하였습니다.'로 고쳐 쓰면 좋겠습니다.

고객들의 **정보 접근 및 이용 확대를** 위해 끊임없이 노력해 왔습니다.
→ 고객들의 **정보의 접근성과 이용률을 높이기** 위해 끊임없이 노력해 왔습니다.

'정보 접근 확대'와 '이용 확대'라는 표현은 자연스럽지 않습니다. '정보 접근 및 이용 확대를 위해'를 '정보의 접근성과 이용률을 높이기 위해'로 고쳐 쓰면 좋겠습니다.

이에 따라 우리 업계의 단합이 더욱 **요구됩니다.**
→ 이에 따라 우리 업계의 단합이 더욱 **필요합니다.**

'요구됩니다'보다는 '필요합니다'와 같이 주동 표현으로 쓰는 것이 더 우리말답습니다.

오늘날 우리 업계가 **처한** 문제는 하나둘이 아닙니다.
→ 오늘날 우리 업계가 **부닥친** 문제는 하나둘이 아닙니다.

한자어가 들어간 '처한' 대신 '부닥친'이라는 말을 쓰면 됩니다.

마케팅 강화로 브랜드 인지도의 향상에 힘쓰겠습니다.
→ **마케팅을 강화함으로써** 브랜드 인지도의 향상에 힘쓰겠습니다.

원 문장에서는 '강화'와 '브랜드 인지도'를 명사가 직접 수식하는 구성이 반복적으로 이어지기 때문에 두 번째 문장이 좀 더 자연스럽게 읽힐 수 있습니다.

전사 차원에서 **개혁이 요구되는** 부분을 적극적으로 검토하겠습니다.
→ 전사 차원에서 **개혁이 필요한** 부분을 적극적으로 검토하겠습니다.

문장을 쓸 때는 피동 표현은 줄이고, 주동 표현을 쓰는 것이 우리말답습니다. '전사 차원에서 개혁이 요구되는 부분'보다는 '전사 차원에서 개선이 필요한 부분'으로 쓰는 것이 더 자연스럽습니다.

앞으로도 **국민 보건 향상을** 위해 최선을 다하겠습니다.
→ 앞으로도 **국민의 보건을 향상하기** 위해 최선을 다하겠습니다.

원 문장은 단어끼리 꾸며 주고 있는 형태이기에 어색합니다. 두 번째 문장처럼 단어 사이에 적절하게 조사를 붙이고, 풀어 써 주는 것이 읽기에 훨씬 매끄럽고 이해하기도 쉽습니다.

저희 홈페이지를 방문하신 **여러분 안녕하십니까**
→ 저희 홈페이지를 방문하신 **여러분, 안녕하십니까?**

'여러분'은 상대방을 부르는 말이므로 쉼표(,)를 써야 합니다. 아울러 '안녕하십니까'의 뒤에는 물음표(?)를 써야 합니다.

모든 임직원이 **고객만족도의 증대를** 위해 더욱 노력하겠습니다.
→ 모든 임직원이 **고객만족도를 높이기** 위해 더욱 노력하겠습니다.

'고객만족도의 증대'는 우리말 어법에 맞지 않습니다. 따라서 '고객만족도의 증대를 위해'를 '고객만족도를 높이기 위해'로 고쳐 써야 하겠습니다.

회사의 전략이 **적극** 실행될 수 있도록 전 임직원이 합심하겠습니다.
→ 회사의 전략이 **적극적으로** 실행될 수 있도록 전 임직원이 합심하겠습니다.

'적극'은 명사이므로 뒤의 '실현되다'를 꾸밀 수 없습니다. 부사어 '적극적으로'가 문법적으로 바른 표현입니다.

CEO **메세지** → CEO **메시지**

외래어 표기법에 따라 '메시지'로 고쳐 써야 합니다.

고객의 **만족을** 높이기 위해 최선을 다하고 있습니다.
→ 고객의 **만족도를** 높이기 위해 최선을 다하고 있습니다.

'높이다'의 앞에는 수치로 나타낼 수 있는 용어가 와야 하기 때문에 '만족도'로 고쳐 써야 합니다.

여러분들께서 격려와 지지를 많이 해 주시기 바랍니다.
→ **여러분께서** 격려와 지지를 많이 해 주시기 바랍니다.

'여러분'이 복수이므로 복수형 접미사인 '들'을 쓸 필요가 없습니다.

적극적으로 동아시아 3개국의 00산업 협력 체계로 구축해 나갈 것입니다.
→ **동아시아 3개국의 00산업 협력 체계를 적극적으로** 구축해 나갈 것입니다.

부사는 수식해 주는 말과 가까이 있어야 하므로 '적극적으로'를 '구축해'의 앞으로 옮기는 게 바람직합니다.

여러분의 **권익신장을 이루기** 위한 동반자로서 활동해 왔습니다.
→ 여러분의 **권익을 신장하기** 위한 동반자로서 활동해 왔습니다.

'이루다'는 상투적인 말로서 맛깔스러운 문장을 만드는 데 방해 요소가 되기도 합니다. '권익 신장을 이루기'를 '권익을 신장하기'로 고쳐 쓰면 되겠습니다.

경쟁 시대는 그 어느 때보다 근본과 가치를 바탕으로 한 지혜가 **필요한 때입니다.**
→ **경쟁 시대에는** 그 어느 때보다 근본과 가치를 바탕으로 한 지혜가 **필요합니다.**

원 문장에는 '때'가 중복되어 문장 흐름이 자연스럽지 않습니다. '필요한 때입니다.'를 '필요합니다.'로 고쳐 쓰면 좋겠습니다.

저희의 꿈을 **달성할** 수 있도록 최선을 다하고 있습니다.
→ 저희의 꿈을 **실현할** 수 있도록 최선을 다하고 있습니다.

꿈이라는 말에는 '달성'이 아니라 '실현'이 어울립니다.

세계 10위권의 우리나라 00산업은 **국내 경제와** 일자리 **창출에 있어** 큰 역할을 해 왔습니다.
→ 세계 10위권의 우리나라 00산업은 **국내 경제의 활성화와** 일자리 **창출에** 큰 역할을 해 왔습니다.

'국내 경제'라고만 쓰면 의미의 전달력이 떨어지므로 '활성화'를 덧붙이는 게 좋겠습니다. '창출에 있어'에는 일본어 번역 투가 들어가 있으므로 문맥에 맞게 '창출에'로 바꿔 썼습니다.

새로운 신약 개발 및 세계시장 진출을 위해 노력하고 있습니다.
→ **신약 개발과** 세계시장 진출을 위해 노력하고 있습니다.

'신약'이라는 말에 '새롭다'라는 뜻이 들어가 있으므로 '새로운'을 없애야 하겠습니다. 문맥이 부드럽게 연결될 수 있도록 '및'을 '과'로 고쳐 쓰면 좋겠습니다.

변화하는 00산업 환경에 대응하기 위하여 **업계 의견 수렴을 연 1회 이상 실시하여 제도 개선 지원을 하겠습니다.**
→ 변화하는 00산업 환경에 대응하기 위하여 **연 1회 이상 업계의 의견을 수렴하여 제도 개선을 지원하겠습니다.**

원 문장에는 '명사+명사+명사' 꼴로 구성된 부분이 2개나 있어서 문장이 전반적으로 매끄럽지 않습니다. 두 번째 문장과 같이 고쳐 쓰면 좋겠습니다.

날로 치열해지는 글로벌**시장에서** 00산업의 성장을 위해 여러 방면으로 힘쓰고 있습니다.
→ 날로 치열해지는 글로벌**시장 경쟁에서** 00산업의 성장을 위해 여러 방면으로 힘쓰고 있습니다.

'치열해지는'이라는 말은 '글로벌시장에서'보다는 '글로벌시장 경쟁에서'라는 말과 더 잘 어울립니다.

협회와 **회원사의** 가교 역할을 하겠습니다.
→ 협회와 **회원사 간의** 가교 역할을 하겠습니다.

협회와 회원사 사이에서 가교 역할을 한다는 뜻이므로, '사이'라는 뜻을 나타내는 '간'을 쓰면 문맥이 분명해집니다.

업계를 대변하여 **정책 제안을 통해 제도 개선을 추진하는 일**에도 힘을 쏟겠습니다.
→ 업계를 대변하여 **정책을 제안함으로써 제도를 개선하는 데**에도 힘을 쏟겠습니다.

'업계를 대변하여 정책 제안을 통해'라는 표현은 자연스럽지 않으므로 '업계를 대변하여 정책을 제안함으로써'로 고쳐 주면 좋겠습니다. 아울러 '제도 개선을 추진하는 일에도'에서 '추진'은 군더더기라고 할 수 있습니다. '일'보다는 '데'가 더 잘 어울리는 말입니다.

여러분의 지속적인 성원과 격려 바랍니다.
→ **여러분께서 지속적으로 성원하고 격려해 주시기** 바랍니다.

고친 문장이 훨씬 부드럽고 자연스러운 느낌이 듭니다.

투자가 고객의 삶을 풍요롭게 만드는 새로운 **문화가 되는 세상을** 만들겠습니다.
→ 투자가 고객의 삶을 풍요롭게 만드는 새로운 **문화를** 만들겠습니다.

한 문장 안에 조사 '가'가 두 번이나 들어감으로써 의미를 이해하기가 어려워졌습니다. 두 번째 문장과 같이 고치면 쉽게 이해할 수 있습니다.

OO 산업의 발전에 **미력이나마** 보태겠습니다.
→ OO 산업의 발전에 **작은 힘이나마** 보태겠습니다.

어려운 한자어인 '미력(微力)'을 순 우리말인 '작은 힘'으로 바꾸는 것이 좋겠습니다.

최고의 서비스를 제공하기 위하여 최선을 **다하여 노력하겠습니다.**
→ 최고의 서비스를 제공하기 위하여 최선을 **다하겠습니다.**

'최선을 다하여 노력하겠습니다.'는 말느낌이 그다지 깔끔하지 않습니다. 간결하게 '최선을 다하겠습니다.'로 고쳐 쓰면 되겠습니다.

아무쪼록 깊은 관심과 많은 **격려를** 부탁드립니다.
→ 아무쪼록 깊은 관심과 많은 **격려를 보내 주시기를** 부탁드립니다.

원 문장은 밋밋한 느낌이 듭니다. '격려를'의 뒤에 '보내 주시기를'을 덧붙이면 더 자연스러운 문장이 됩니다.

각종 규제와 **제도 개혁에** 앞장서겠습니다.
→ 각종 규제와 **제도를 개혁하는 데** 앞장서겠습니다.

원 문장은 '규제에 앞장서겠다'라는 의미로도 읽힐 수 있습니다. 따라서 '제도 개혁에'를 '제도를 개혁하는 데'로 고쳐 써야 하겠습니다.

오늘날까지 지속적으로 성장해 온 **것**을 바탕으로 앞으로도 00산업의 발전에 앞장서겠습니다.
→ 오늘날까지 지속적으로 성장해 온 **저력**을 바탕으로 앞으로도 00산업의 발전에 앞장서겠습니다.

원 문장에서는 '것'보다 '저력'이라는 말이 더 적절합니다.

이제 우리 공사는 새로운 **출발에 나서려고** 합니다.
→ 이제 우리 공사는 새로운 **출발을 하려고** 합니다.

'나서다'의 뜻은 '어떠한 일을 적극적으로 또는 직업적으로 시작하다.'입니다. 따라서 '출발에 나서려고'는 어색한 표현입니다. 이를 '출발을 하려고'로 고쳐 써야 하겠습니다.

52년 역사의 ㈜000는 이에 걸맞은 기업 가치를 창출하고 있습니다.
→ **52년 역사를 자랑하는** ㈜000는 이에 걸맞은 기업 가치를 창출하고 있습니다.

'52년 역사의'는 우리말답지 못한 표현입니다. 이를 '52년 역사를 자랑하는'으로 고쳐 쓰면 좋겠습니다.

2019년에는 임직원들이 상당히 **만족할** 수준의 성과를 거두었습니다.
→ 2019년에는 임직원들이 상당히 **만족할 만한** 수준의 성과를 거두었습니다.

'만족할 수준의'는 어색한 표현입니다. 이를 '만족할 만한 수준의'로 고쳐 쓰면 좋겠습니다.

우리나라의 **고령화 속도는** 세계에서 가장 빠르게 진행되고 있습니다.
→ 우리나라의 **고령화는** 세계에서 가장 빠르게 진행되고 있습니다.

'고령화 속도가 빨리 진행되다'라는 표현은 어법에 맞지 않습니다. '고령화 속도'에서 '속도'를 삭제해야 하겠습니다.

늘 변함없는 마음으로 회원사들의 **권익을** 위해 최선을 다하겠습니다.
→ 늘 변함없는 마음으로 회원사들의 **권익을 증진하기** 위해 최선을 다하겠습니다.

'권익을 위해'보다는 '권익을 증진하기 위해'가 더 명확한 표현입니다.

㈜OOO는 세계에서 **가장 큰** 식기 제조 회사들 중 하나입니다.
→ ㈜OOO는 세계에서 **손꼽히는** 식기 제조 회사들 중 하나입니다.

'세계에서 가장 큰 회사'는 하나밖에 없기 때문에 '세계에서 가장 큰 식기 제조 회사들 중 하나입니다.'는 논리적으로 맞지 않는 표현입니다. '가장 큰'을 '손꼽히는'으로 고쳐 쓰면 되겠습니다.

OO는 고객 신뢰를 바탕으로 비전을 달성하기 위해 **앞으로 전진해** 나가겠습니다.
→ OO는 고객 신뢰를 바탕으로 비전을 달성하기 위해 **전진해** 나가겠습니다.

'전진(前進)하다'에 이미 '앞'이라는 의미가 들어가 있으므로 '앞으로 전진해'는 겹말 표현이 됩니다. '전진해'로 고쳐 써야 하겠습니다.

지금의 위기를 극복하기 위해 **각고의** 노력을 하겠습니다.
→ 지금의 위기를 극복하기 위해 **뼈를 깎는** 노력을 하겠습니다.

어려운 한자어가 들어간 '각고의'를 '뼈를 깎는'으로 고쳐 쓰면 더욱 쉽게 이해할 수 있습니다.

생활 용품 **제조 전문 업체로서** 투철한 장인 정신을 바탕으로 우수한 제품들을 생산하고 있습니다.
→ **우리 회사는** 생활 용품 **전문 제조업체로서** 투철한 장인 정신을 바탕으로 우수한 제품들을 생산하고 있습니다.

문장의 주 요소 중 하나인 주어가 누락되어 있습니다. '제조 전문 업체'보다는 '전문 제조업체'라고 표현하는 것이 좋겠습니다.

우리 회사는 서비스 중심 **회사로의 변신을 진행하고** 있습니다.
→ 우리 회사는 서비스 중심 **회사로 변신하고** 있습니다.

관형격조사 '의'가 들어감으로써 문장이 어색해졌습니다. '서비스 중심 회사로의 변신을 진행하고'를 '회사로 변신하고'로 고쳐 쓰면 되겠습니다.

본 협회의 설립 목적은 회원들의 권익 옹호, 국민건강 증진, 국제 교류를 통해 한국의 건강산업 발전에 **기여함을 원칙으로 하고 있습니다.**
→ 본 협회의 설립 목적은 회원들의 권익 옹호, 국민건강 증진, 국제 교류를 통해 한국의 건강산업 발전에 **기여하는 것입니다.**

원 문장의 주술관계가 제대로 호응하지 않습니다. '설립 목적은 ~하는 것이다'의 형태로 바꾸어야 하겠습니다.

나. 띄어쓰기

틀린 표기	바른 표기	틀린 표기	바른 표기
가치창출	가치 창출	우리협회는	우리 협회는
글로벌 시장	글로벌시장	정보화시대	정보화 시대
다시 한번	다시 한 번	창립이래	창립 이래
도전정신	도전 정신	철강 산업	철강산업
사회변화	사회 변화	한국경제	한국 경제
상호협력	상호 협력	활성화 하겠습니다.	활성화하겠습니다.
선도기업	선도 기업	1990년대말	1990년대 말

홈페이지 연혁

세상은 한편에는 고통으로 가득 차 있지만
다른 한편에는 그 고통의 극복으로 가득 차 있다.

– 헬렌 켈러 –

02 홈페이지 연혁

가. 맞춤법

2006 국가품질경영대회 서비스 품질 **우수상**
→ 2006 국가품질경영대회 서비스 품질 **우수상 수상**

'우수상' 뒤에 '수상'이라는 말을 덧붙여 주는 게 좋겠습니다.

000센터와 **MOU** 체결 → 000센터와 **양해각서** 체결

영문보다는 우리말을 쓰는 게 좋겠습니다.

상호를 ㈜000로 **전환** → 상호를 ㈜000로 **변경**

'전환(轉換)'은 '다른 방향이나 상태로 바뀌거나 바꿈.'을 뜻합니다. '전환'을 '변경(變更, 다르게 바꾸어 새롭게 고침.)'으로 고쳐 써야 하겠습니다.

"2018 000박람회" 주최 → **2018 000박람회** 주최

인용한 것이 아니기에 굳이 큰따옴표(" ")를 표기할 필요가 없습니다.

김00 *****청장 **조찬** 간담회
→ 김00 *****청장 **초청 조찬** 간담회

'조찬'과 '간담회' 사이에 '초청'이라는 말이 들어가야 명확한 내용이 됩니다.

임원 **워크샵** 개최 → 임원 **워크숍** 개최

외래어 표기법에 따라 '워크숍'으로 적어야 합니다.

2015년 문화체육관광부 장관 **표창**
→ 2015년 문화체육관광부 장관 **표창 수상**

'표창'은 '어떤 일에 좋은 성과를 내었거나 훌륭한 행실을 한 데 대하여 세상에 널리 알려 칭찬함 또는 그것에 대하여 명예로운 증서나 메달 따위를 줌.'을 뜻하므로 뒤에 '받았다'라는 표현이 오면 자연스럽습니다.

사보 '000' 온라인 **사보** 전환
→ **인쇄 사보인 '000'**을 온라인 **사보로** 전환

명사들만 나열되어 있어 가독성이 떨어집니다. 적절한 조사들을 넣어 주는 게 좋겠습니다. 뒤에 온라인 사보라는 말이 있으므로 앞의 '사보'를 '인쇄 사보'로 고쳐 쓰는 게 바람직하겠습니다.

연구 역량 강화 **심포지엄**
→ 연구 역량 강화 **심포지엄 개최**

'심포지엄' 뒤에 '개최'라는 말이 와야 명확한 내용이 될 수 있습니다.

*****발전협회 명칭** 변경 → *****발전협회로 명칭을** 변경

명사만 나열되다 보니 딱딱하게 읽힐 수밖에 없습니다. '***발전협회' 뒤에 '로'를, '명칭' 뒤에 '을'을 각각 넣는 게 좋겠습니다.

000 장애인의 날 감사장 **수상식** 개최
→ 000 장애인의 날 감사장 **수여식** 개최

'감사장'은 '상(償)'에 해당하지 않으므로 '수상식'을 '수여식'으로 고쳐 써야 하겠습니다.

대구경북사무소 개설 → **대구·경북**사무소 개설

같은 계열의 낱말이 반복될 때에는 가운뎃점(·)을 찍어야 합니다.

고객의 소리함 설치·**운용**
→ 고객의 소리함 설치·**운영**

'운용(運用)'의 뜻은 '무엇을 움직이게 하거나 부리어 씀.'입니다.

'운영(運營)'의 뜻은 다음과 같습니다.

❶ 조직이나 기구, 사업체 따위를 운용하고 경영함.

❷ 어떤 대상을 관리하고 운용하여 나감.

'운영(運營)'은 '운용하고 경영하다.'라는 뜻을 지니고 있어서 '운용(運用)'을 포함하는 포괄적인 단어임을 알 수 있습니다. '고객의 소리함'을 설치하고 관리해나간다는 뜻에서 '운영(運營)'이 더 적절한 단어이므로, '고객의 소리함 설치·운영'으로 쓰는 것이 바릅니다.

마케팅 **업무** 신설 → 마케팅 **부서** 신설

'업무 신설'이라는 표현은 어색합니다. '부서 신설'이라는 표현이 자연스럽습니다.

정관에 00 공제사업 추가
→ **정관의 목적 사업에** 00 공제사업 추가

'정관에'를 '정관의 목적 사업에'로 고쳐 쓰면 그 뜻이 명확해집니다.

자기앞수표 **발행** 100조 원 달성
→ 자기앞수표 **발행 총액** 100조 원 달성

'총액'이라는 말을 넣어 표현을 명확하게 하는 것이 좋겠습니다.

양해각서 계약 체결 → **양해각서** 체결

'양해각서 계약'이라는 말은 적절하지 않습니다. '계약'이라는 말을 없애야 합니다.

재무 컨설팅 서비스 **착수** → 재무 컨설팅 서비스 **개시**

'착수'는 '사업'에 어울리는 말입니다. 여기에서는 '개시'가 적절한 말입니다.

코스닥 **등록** → 코스닥 **상장**

예전에는 '코스닥 등록', '증권거래소 상장'으로 표현되었지만 이제는 모두 '상장'으로 통일되었습니다.

디자인 등록 **제 30-*****호**
→ 디자인 등록**(제 30-*****호)**

등록 번호를 괄호 안에 넣으면 해당 내용을 더욱 명확하게 인식할 수 있습니다.

나. 띄어쓰기

틀린 표기	바른 표기	틀린 표기	바른 표기
계약체결	계약 체결	신축공장	신축 공장
금상수상	금상 수상	업무 협약	업무협약
사업시행	사업 시행	인증획득	인증 획득
상호변경	상호 변경	자매 결연	자매결연
설립인가	설립 인가	최우수기관	최우수 기관
세미나개최	세미나 개최	특허등록	특허 등록

비전·미션·전략·CI 소개

미래는 준비하는 사람의 것이다.

– 에머슨 –

03 비전·미션·전략·CI 소개

가. 맞춤법

연구 **과제 및 대상** 다변화가 필요함.
→ 연구 **과제와 대상의** 다변화가 필요함.

원 문장에서 조사를 추가하면 매끄럽게 읽을 수 있습니다.

비젼과 미션은 다음과 같습니다.
→ **비전**과 미션은 다음과 같습니다.

외래어 표기법에 따라 '비전'으로 써야 합니다.

경영**이라는 것은** 경영진만의 전유물이 아닙니다.
→ 경영**은** 경영진만의 전유물이 아닙니다.

'경영이라는 것은'을 '경영은'으로 간결하게 쓰면 문장이 매끄러워집니다.

㈜0000의 **미래 비전** → ㈜0000의 **비전**

기업의 홈페이지나 소개서 등을 보면 미래 비전이라는 말이 자주 나옵니다. '비전'은 '미래상'을 의미하므로 '미래 비전'이라는 말에서는 '미래'라는 뜻이 중복됩니다. 그냥 '비전'이라고만 써야 하겠습니다.

짜임새 있는 비전 체계가 **반드시 필요합니다.**
→ 짜임새 있는 비전 체계가 **필요합니다.**

'필요하다'의 뜻은 '반드시 요구하는 바가 있다.'이므로 결말 표현인 '반드시 필요합니다.'를 '필요합니다.'로 고쳐 써야 합니다.

거래선의 다각화 실현 → **거래처**의 다각화 실현

'거래선(去來先)'은 일본어의 형식을 보고 베낀 일본식 한자어입니다. 이를 우리식 한자어인 '거래처(去來處)'로 고쳐 써야 하겠습니다.

고객에 대한 **광고/홍보** 촉진
→ 고객에 대한 **광고·홍보** 촉진

'고객에 대한 광고'와 '홍보 촉진'은 대비되는 단어가 아니라 의미상 연관 관계가 있으므로 '고객에 대한 광고·홍보 촉진'처럼 가운뎃점(·)을 쓰는 것이 적절합니다.

비전에는 **의 계층 간, 세대 간의 소통이 적극적으로 실현되었으면 하는, 00공사의 **바램**이 담겨 있습니다.
→ 비전에는 **의 계층 간, 세대 간의 소통이 적극적으로 실현되었으면 하는, 00공사의 **바람**이 담겨 있습니다.

'생각한 대로 이루어지기를 원한다.'를 뜻하는 말은 '바라다'입니다. 따라서 이 문장에서는 '바람'으로 써야 합니다.

인력과 연구 시설 등을 충분히 **활용함으로서** 기술 개발을 선도할 우수한 연구 인력을 양성함을 목적으로 함.
→ 인력과 연구 시설 등을 충분히 **활용함으로써** 기술 개발을 선도할 우수한 연구 인력을 양성함을 목적으로 함.

문맥을 살펴보면 자격격조사인 '~으로서'가 아니라 도구격조사인 '~으로써'를 써야 한다는 것을 알 수 있습니다.

0000의 사명을 **부각시킨** 심벌 H는 High Sprit(진취적 기상), Humanity(인류애)를 상징합니다.
→ 0000의 사명을 **부각한** 심벌 H는 High Sprit(진취적 기상), Humanity(인류애)를 상징합니다.

'~시키다'는 서술성을 가지는 일부 명사 뒤에 붙어 '사동'의 뜻을 더하고 동사를 만드는 접미사로 쓰입니다. '부각하다'를 쓸 자리인데 '부각시키다'를 쓰는 것은 잘못입니다.

완벽한 품질관리 및 고객 개인정보 관리를 위한 다양한 노력을 통하여 **지속적인 고객만족도 제고 활동을** 강화하고 있습니다.
→ 완벽한 품질관리 및 고객 개인정보 관리를 위한 다양한 노력을 통하여 **고객만족도 제고 활동을 지속적으로** 강화하고 있습니다.

'지속적인 고객만족도 제고 활동을 강화하고 있습니다.'는 어색한 표현입니다. 이를 '고객만족도 제고 활동을 지속적으로 강화하고 있습니다.'로 고쳐 주어야 하겠습니다.

국민 삶의 **질을 향상하고** 기업 경쟁력을 높여 더욱 밝은 미래를 실현하겠습니다.
→ 국민 삶의 **질과** 기업 경쟁력을 높여 더욱 밝은 미래를 실현하겠습니다.

'향상하다'와 '높이다'는 유의어입니다. 따라서 유의어가 중복되지 않도록 '향상하고'를 없애 주면 좋겠습니다.

㈜000의 경영 방침은 모든 **구성원에 의해 이해되고 실천되어야 한다.**
→ ㈜000의 경영 방침은 모든 **구성원이 이해하고 실천할 수 있어야 한다.**

원 문장은 수동형으로 되어 있습니다. 이를 두 번째 문장과 같이 능동형으로 바꾸어 주면 좋겠습니다.

CI **컨셉** → CI **콘셉트**

외래어 표기법에 따르면 콘셉트가 맞습니다.

로고**타입** → 로고**타이프**

외래어 표기법에 따라 '로고타입'을 '로고타이프'로 써야 합니다.

심볼마크 → **심벌**마크

외래어 표기법에 따라 '심벌'로 써야 합니다.

시그니**쳐** → 시그니**처**

외래어 표기법에 따라 '시그니처'로 써야 합니다.

화살표의 지향성에서 착안한 '0'는 글로벌 게임 업체로 **자리매김하는** 회사의 비전을 나타낸다.
→ 화살표의 지향성에서 착안한 '0'는 글로벌 게임 업체로 **자리매김하겠다는** 회사의 비전을 나타낸다.

'비전'과 호응하려면 '자리매김하는'을 '자리매김하겠다는'과 같이 의지가 담긴 말로 바꾸어야 합니다.

나. 띄어쓰기

틀린 표기	바른 표기	틀린 표기	바른 표기
가치창조	가치 창조	사업기반	사업 기반
경영방침	경영 방침	색상체계	색상 체계
경영 자원	경영자원	제조혁신	제조 혁신
경영철학	경영 철학	조직구조	조직 구조
기술개발	기술 개발	조직 문화	조직문화
기업윤리	기업 윤리	조직운영	조직 운영
기업이미지	기업 이미지	지역주민	지역 주민
내실있는	내실 있는	핵심가치	핵심 가치
미래 지향	미래지향	환경변화	환경 변화

사업 소개 · 서비스 소개

우리는 양측의 이야기를 조용하게 경청해야 한다.

– 괴테 –

04 사업 소개·서비스 소개

가. 맞춤법

그 **기간 중에는** 서비스가 중단됩니다.
→ 그 **기간에는** 서비스가 중단됩니다.

'기간'의 의미는 '어느 때부터 다른 어느 때까지의 동안'입니다. 따라서 '중'은 굳이 쓰지 않아도 되는 군더더기 말입니다.

워라밸이라는 말은 **한국에** 낯설게 느껴질 것입니다.
→ 워라밸이라는 말은 **한국에서** 낯설게 느껴질 것입니다.

'한국이라는 나라에서'라는 뜻이므로 '한국에서'로 쓰는 것이 바릅니다.

지원 대상 **기업에게는** 전문 인력을 파견합니다.
→ 지원 대상 **기업에는** 전문 인력을 파견합니다.

'기업'은 감각이 없는 것, 즉 무정물(無情物)입니다. 무정물에는 '에'를 사용해야 합니다.

이 컨설팅은 3회에 걸쳐 진행되고 **비용**은 100만 원입니다.
→ 이 컨설팅은 3회에 걸쳐 진행되고 **총비용**은 100만 원입니다.

원 문장에서는 컨설팅 비용이 3회에 100만 원인지, 아니면 회당 100만 원인지 명확하지 않습니다. '비용'을 '총비용'으로 고쳐 쓰면 혼돈이 생기지 않습니다.

에너지 효율이 높기 때문에 공정 비용이 **낮습니다.**
→ 에너지 효율이 높기 때문에 공정 비용이 **적게 듭니다.**

'비용이 낮다'라는 표현은 적절하지 않습니다. 따라서 '공정 비용이 낮습니다.'를 '공정 비용이 적게 듭니다.'로 고쳐 쓰면 자연스러운 문장이 됩니다.

OO센터가 개별 **시설들을** 관리하여야 합니다.
→ OO센터가 개별 **시설을** 관리하여야 합니다.

'개별 시설'만으로도 의미가 충분히 통합니다. 복수형 접미사인 '들'을 붙이지 않는 것이 간결합니다.

동해 바다에서 갓 잡은 싱싱한 해산물을 맛볼 수 있습니다.
→ **동해**에서 갓 잡은 싱싱한 해산물을 맛볼 수 있습니다.

'동해'라는 말에 '바다 해' 자가 들어가 있습니다. 따라서 '동해 바다'는 겹말 표현입니다. 그냥 '동해'라고 쓰면 되겠습니다.

이동 인구가 줄고 고령자가 **늘어남으로 인해** 기존의 고정관념을 깨는 제품이 출시되고 있습니다.
→ 이동 인구가 줄고 고령자가 **늘어남으로써** 기존의 고정관념을 깨는 제품이 출시되고 있습니다.

한자어가 들어간 '~으로 인(因)해'를 '~으로써'로 고쳐 주면 문장이 좀 더 자연스러워집니다.

이와 같이 **새로운 시장이** 창출되고 있기 때문에 우리 회사는 00 사업을 시작하였습니다.
→ 이와 같이 **시장이** 창출되고 있기 때문에 우리 회사는 00 사업을 시작하였습니다.

'창출(創出)'은 '전에 없던 것을 처음으로 생각하여 지어내거나 만들어 냄.'을 뜻합니다. 즉 '새로 만듦.'이라는 의미가 있습니다. 따라서 '새로운 시장이 창출~'은 겹말 표현이 되므로 '새로운 시장이'에서 '새로운'을 없애야 하겠습니다.

서울 전역에 대리점들이 **위치해 있습니다.**
→ 서울 전역에 대리점들이 **있습니다.**

'위치하다'는 일본어 번역 투이며, 뒤에 같은 의미를 갖는 '있습니다'가 나오기 때문에 이 말을 없애야 하겠습니다.

단시간 **근로자는 근로시간 비례** 지급
→ 단시간 **근로자에게는 근로시간에 비례하여** 지급

어떤 행동이 미치는 대상을 나타내는 격조사인 '에게는'을 써야 하겠습니다. '근로시간 비례 지급'은 가독성이 떨어지는 표현이므로 조사와 서술어가 들어간 표현인 '근로시간에 비례하여 지급'으로 고쳐 쓰는 게 바람직합니다.

서비스 요율을 **하향 조정했습니다.**
→ 서비스 요율을 **낮추었습니다.**

한자어가 두 개씩이나 들어간 '하향 조정했다'라는 말 대신 순 우리말인 '낮추었다'를 쓰면 문장을 훨씬 쉽게 읽을 수 있습니다.

수입 제한 조치의 **실행에서 오는** 부작용이 심각합니다.
→ 수입 제한 조치의 **실행에 따른** 부작용이 심각합니다.

'실행에서 오는'이라는 표현은 어색합니다. 이를 '실행에 따른'이라는 표현으로 바꾸어 주면 더 자연스럽고 의미가 잘 전달됩니다.

다음과 같이 사업 수행**에 내실을 기하겠습니다.**
→ 다음과 같이 사업**을 내실 있게 수행하겠습니다.**

'내실을 기하다'는 일본식 표현이므로 '내실 있게 수행하다'로 고쳐 쓰면 좋겠습니다.

식품 매장에서도 포인트 적립 **서비스 제공**
→ 식품 매장에서도 포인트 적립 **가능**

문장도 그렇지만 문구도 역시 될 수 있으면 간결해야 합니다. '포인트 적립 서비스 제공'을 '포인트 적립 가능'으로 고쳐 주면 문장이 좀 더 간결해질 뿐만 아니라 의미도 더 명확해집니다.

예산이 확보되면 사업이 시작될 **것이다.**
→ 예산이 확보되면 사업이 시작될 **예정이다.**

'것이다'는 문장의 자연스러운 흐름과 간결한 문장의 구성에 걸림돌이 됩니다. 될 수 있으면 '것이다'를 쓰지 않아야 하겠습니다.

보충 교육 필요시 실시 → **필요시 보충 교육** 실시

'실시하다'가 목적어를 취하므로 '무엇을'에 해당하는 표현이 '보충 교육'이라면 '필요시 보충 교육 실시'로 쓰는 것이 이해하기가 쉽습니다.

여러 자원을 활용한 서비스를 제공하여 장애인이 **스스로 자립할** 수 있도록 돕습니다.
→ 여러 자원을 활용한 서비스를 제공하여 장애인이 **자립할** 수 있도록 돕습니다.

'자립(自立)'의 뜻은 '남에게 예속되거나 의지하지 아니하고 스스

로 섬.'입니다. 따라서 '스스로 자립할'은 겹말 표현입니다. '스스로'를 없애야 하겠습니다.

프로그램 참가자들의 변화를 **촉진시킴.**
→ 프로그램 참가자들의 변화를 **촉진함.**

'촉진하다'에 사동의 의미가 있으므로 '촉진시킴.'을 '촉진함.'으로 바꿔 써야 하겠습니다.

00 사업의 현장 조사 과정에서 발굴된 인력 수요를 여러 인력 양성 기관과 **실시간 연계를 통해** 매칭함.
→ 00 사업의 현장 조사 과정에서 발굴된 인력 수요를 여러 인력 양성 기관과 **실시간으로 연계함으로써** 매칭함.

'~을 통해'는 일본어 번역 투이므로 될 수 있으면 쓰지 않는 것이 좋겠습니다. '실시간 연계를 통해'를 '실시간으로 연계함으로써'로 고쳐 쓰면 훨씬 자연스럽게 읽을 수 있습니다.

전용 **전산**에 구인 공고 등록
→ 전용 **전산망**에 구인 공고 등록

'전산' 대신 '컴퓨터로 연결되는 통신 조직망'이라는 뜻을 가진 '전산망'이라는 말을 써야 합니다.

가장 악조건의 제품을 선정하여 밸리데이션 과정을 진행합니다.
→ **조건이 나쁜** 제품을 선정하여 밸리데이션 과정을 진행합니다.

'악조건'은 흔히 쓰는 표현이 아니므로 '가장 악조건의'이라는 표현을 '조건이 가장 나쁜'으로 고쳐 쓰는 것이 바람직합니다.

00 제도는 품질**도** 브랜드 향상도 보장해 드립니다.
→ 00 제도는 품질**도,** 브랜드 향상도 보장해 드립니다.

'품질도'의 뒤에 쉼표(,)를 찍는 것이 적절합니다.

현장에서 교육 **대상 여부 확인 및** 해당 절차를 진행할 수 있다.
→ 현장에서 교육 **대상임이 확인되면 곧바로** 해당 절차를 진행할 수 있다.

뜻을 분명하게 전달할 수 있도록 문장을 쉽게 다듬어야 합니다.

00 교육을 실시함으로써 회원들의 전문 역량 강화에 **도움이 되겠습니다.**
→ 00 교육을 실시함으로써 회원들의 전문 역량 강화에 **도움을 주겠습니다.**

'도움이 되다'도 쓸 수는 있으나 앞의 '~을 지원함으로써'와 이어지기에는 주동 표현인 '도움을 주다'가 더 적절합니다.

최신 시설의 세척 작업장 운영
→ **최신 시설을 갖춘** 세척 작업장 운영

'시설'이라는 말 뒤에 '의'가 들어감으로써 우리말답지 않은 문구가 되었습니다. '최신 시설의'를 '최신 시설을 갖춘'으로 고쳐 주면 되겠습니다.

기존의 기초과학 분야와 응용과학 분야를 **접목시켜** 차세대 분자를 기반으로 하는 원천 기술을 개발하였습니다.
→ 기존의 기초과학 분야와 응용과학 분야를 **접목하여** 차세대 분자를 기반으로 하는 원천 기술을 개발하였습니다.

'접목하다'의 의미가 '둘 이상의 다른 현상 따위를 알맞게 조화하게 하다.'이므로 '접목하다'만으로 그 의미를 충분히 나타낼 수 있습니다.

소기업이 **사업 재기의 기회를 제공받을** 수 있도록 돕는 제도입니다.
→ 소기업이 **사업에서 재기할 수 있는 기회를 얻을** 수 있도록 돕는 제도입니다.

'제공하다'는 '무엇을 내주거나 갖다 바친다.'라는 뜻인데 '제공받다'라고 하면 '내준 것을 받거나, 갖다 바친 것을 받는다.'라는 뜻이 됩니다. 한편, '사업 재기의 기회'는 매끄럽지 않은 표현입니다. 따라서 '사업 재기의 기회를 제공받을 수 있도록'을 '사업에서 재기할 수 있는 기회를 얻을 수 있도록'으로 고쳐 주어야 합니다.

50년의 건설 역사를 바탕으로 **축적되어진** 경험과 기술력으로 고품격 아파트를 만들고 있습니다.
→ 50년의 건설 역사를 바탕으로 **축적된** 경험과 기술력으로 고품격 아파트를 만들고 있습니다.

'축적되어지다'는 이중 피동입니다. 따라서 '축적되어진'을 '축적된'으로 고쳐 써야 하겠습니다.

운영 시간: **AM** 9시 ~ **PM** 6시
→ 운영 시간: **오전** 9시 ~ **오후** 6시

외국어인 AM, PM을 각각 '오전', '오후'로 고쳐 쓰는 게 바람직하겠습니다.

계약 중도 해지 시 보증금 반환이 되지 않습니다.
→ **계약이 중도에 해지되었을 때에는 보증금이 반환되지** 않습니다.

'계약 중도 해지 시'를 '계약이 중도에 해지되었을 때에는'으로 풀어 쓰면 문장의 가독성이 한결 높아집니다. '보증금 반환이 되지 않습니다.'는 어색한 표현이므로 이를 '보증금이 반환되지 않습니다.'로 고쳐 쓰면 자연스럽게 읽을 수 있습니다.

매 5년 주기로 전국 제조업체의 작업환경실태를 조사
→ **5년** 주기로 전국 제조업체의 작업환경 실태를 조사

원 문장에서 '매'는 굳이 쓸 필요가 없는 말, 즉 군더더기입니다.

이 과정을 2019년부터 **시행하고** 있습니다.
→ 이 과정을 2019년부터 **시행해 오고** 있습니다.

2019년 이후로 지금까지 이어지고 있다는 의미를 강조하기 위해서는 '시행해 오고 있다'라고 표현하는 것이 적절하겠습니다.

지금은 **전국** 80여 개의 매장이 운영되고 있습니다.
→ 지금은 **전국에서** 80여 개의 매장이 운영되고 있습니다.

'전국' 뒤에 조사 '에서'를 덧붙이면 매끄러운 문장이 됩니다.

가족이 **함께 공유할** 수 있는 유익하고 재미있는 채널
→ 가족이 **공유할** 수 있는 유익하고 재미있는 채널

'공유(公有)'의 뜻은 '두 사람 이상이 한 물건을 공동으로 소유함.'입니다. 따라서 '함께 공유할'은 겹말 표현이 됩니다. '함께'를 없애야 하겠습니다.

그 외의 **경우,** 별도의 신청 절차 없이 지급됩니다.
→ 그 외의 **경우에는** 별도의 신청 절차 없이 지급됩니다.

문장에서는 될 수 있으면 기호를 적게 쓰는 것이 바람직합니다. '경우'를 '경우에는'으로 고쳐 주면 되겠습니다.

000 홈페이지 **내 별도** 안내 **페이지(www.------)** 구축
→ 000 홈페이지 **내에 별도의** 안내 **페이지(www.------)를** 구축

명사들로만 구성된 문장이기에 가독성이 떨어집니다. 적절한 조사들을 덧붙이는 게 좋겠습니다.

정보 **제공의 유무** 확인 → 정보 **제공의 여부** 확인

'정보 제공 유무 확인'은 적절하지 않은 표현입니다. '유무'를 '여부'로 고쳐 써야 하겠습니다.

유해물질의 **사용을** 최대한 줄이고 있습니다.
→ 유해물질의 **사용량을** 최대한 줄이고 있습니다.

'사용을 줄이다'보다는 '사용량을 줄이다'가 더 적절한 표현입니다.

00 사업의 규모가 급속히 **증가하고 있습니다.**
→ 00 사업의 규모가 급속히 **커지고 있습니다.**

'규모'는 크기이므로 수치에 쓰는 '증가하다'보다는 '커지다'가 더 어울립니다.

00 사업의 **소재** 지역은 부산이다.
→ 00 사업의 **수행** 지역은 부산이다.

'소재'는 '주요 건물이나 기관 따위가 자리잡고 있는 곳'이라는 뜻의 어휘로, '수도권 소재 대학, 경기도 소재의 군사령부'와 같이 씁니다. 따라서 '00 사업의 소재 지역'을 '00 사업의 수행 지역'으로 고쳐 써야 합니다.

우리 회사에서는 영업 **실무자들을 위한 전문 역량 강화를** 위해 다양한 교육 과정을 운영하고 있습니다.
→ 우리 회사에서는 영업 **실무자들의 전문 역량을 강화하기** 위해 다양한 교육 과정을 운영하고 있습니다.

한 문장 안에 '위한'과 '위해'가 함께 들어가 있어 자연스럽지 않습니다. '실무자들을 위한'을 '실무자들의'로 다듬어야 합니다. 또한 '전문 역량 강화를 위해'도 '전문 역량을 강화하기 위해'로 다듬어 주면 좋겠습니다.

2020년 **기준,** 000는 **106개국에 진출해,** 1,000개 이상의 브랜드를 운영하고 있습니다.
→ 2020년 **현재,** 000는 **106개국에서** 1,000개 이상의 브랜드를 운영하고 있습니다.

'기준'을 '현재'로 고쳐 쓰고 군더더기 말이라고 할 수 있는 '진출해'를 없애 주면 간결한 문장이 됩니다.

설립 이후 지금까지 끊임없이 **신제품 개발을 추진하고 있습니다.**
→ 설립 이후 지금까지 끊임없이 **신제품을 개발해 오고 있습니다.**

원 문장에서 '추진하다'는 굳이 쓸 필요가 없는 말입니다. 앞에 '설립 이후 지금까지'라는 표현이 있으므로 '신제품 개발을 추진하고 있습니다.'를 '신제품을 개발해 오고 있습니다.'로 고쳐 써야 하겠습니다.

저희 00그룹은 별도의 출판사와 물류 회사를 **가지고** 있습니다.
→ 저희 00그룹은 별도의 출판사와 물류 회사를 **운영하고** 있습니다.

문맥을 살펴볼 때 '가지다'보다는 '운영하다'가 더 적절한 말입니다.

㈜000은 환경산업에서도 외연을 **넓혀간다는 목표입니다.**
→ ㈜000은 환경산업에서도 외연을 **넓혀가겠다는 목표를 가지고 있습니다.**

주술관계가 제대로 호응하지 않는 문장입니다. '넓혀간다는 목표입니다.'를 '넓혀가겠다는 목표를 가지고 있습니다.'로 고쳐 써야 하겠습니다.

우리 회사는 한국 스포츠산업의 발전을 위해서 **부단한 연구와 노력을 경주하고** 있습니다.
→ 우리 회사는 한국 스포츠산업의 발전을 위해서 **끊임없이 연구·노력하고** 있습니다.

원 문장에는 '부단한', '경주하고'와 같이 한자어가 들어간 용어들이 들어가 있어서 가독성이 떨어집니다. '부단한 연구와 노력을 경주하고'를 '끊임없이 연구·노력하고'로 고쳐 쓰면 되겠습니다.

이 공정에는 아주 **극소수의** 인력만을 투입하고 있습니다.
→ 이 공정에는 아주 **적은** 인력만을 투입하고 있습니다.

극소수(極少數)는 '아주 적은 수효'를 뜻합니다. 따라서 '아주 극소수의'는 겹말 표현이 됩니다. 이를 '아주 적은'으로 고쳐 쓰면 되겠습니다.

이 산출물은 담당자의 **세 차례** 검수 작업을 통해 승인 여부가 결정된다.
→ 이 산출물은 담당자의 **세 차례에 걸친** 검수 작업을 통해 승인 여부가 결정된다.

의미나 표현의 구조를 좀 더 명확히 나타내기 위해서는 '세 차례에 걸친'으로 쓰는 것이 좀 더 적절합니다.

신청 **자격 해당 여부를** 확인한 뒤 심사 일정을 잡습니다.
→ 신청 **자격에 해당하는지를** 확인한 뒤 심사 일정을 잡습니다.

원 문장은 명사를 중심으로 연결되어 있어 딱딱한 느낌을 줍니다. '신청 자격 해당 여부를'이라는 표현을 '신청 자격에 해당하는지를'로 바꾸었습니다.

신청일로부터 30일이 **되면** 심사를 실시한다.
→ **접수일**로부터 30일이 **지나면** 심사를 실시한다.

의미상 '접수일로부터 30일이 지나면'으로 쓰는 것이 명확합니다.

조금만 신경 쓰지 **않으면** 검토 단계에서 흐지부지되는 사업도 있다.
→ 조금이라도 신경 쓰지 **못하면** 검토 단계에서 흐지부지되는 사업도 있다.

'조금만 신경 쓰지 않으면'이라는 표현은 의미가 분명치 않아 중의적으로 해석될 우려가 있습니다. '조금이라도 신경 쓰지 못하면'으로 고쳐 써서 의미를 더 정확히 밝힐 필요가 있습니다.

수상 **내역** → 수상 **이력**

기업체, 공공기관 등의 홈페이지를 살펴보면 '수상 내역(內譯)'이라는 용어를 자주 볼 수 있습니다. 이는 잘못 쓰인 말입니다. '내역(內譯)'의 뜻은 '물품이나 금액 따위의 내용'입니다. 따라서 '수상 이력'이라고 고쳐 써야 합니다.

지역별로 생생한 현장 강의를 **통해** 고객과 **유대 형성의 장 운영**
→ 지역별로 생생한 현장 강의를 **함으로써** 고객과 **유대 관계를 형성할 수 있는 기회를 마련함.**

첫 번째 문장은 그다지 매끄럽지 않습니다. '현장 강의를 통해 고객과 유대 형성의 장 운영'을 '현장 강의를 함으로써 고객과 유대 관계를 형성할 수 있는 기회를 마련함.'으로 고쳐 쓰는 게 바람직하겠습니다.

개강: 매월 1일 → **개강일**: 매월 1일

매월 1일이라는 날짜가 명시되어 있으므로 '개강'을 '개강일'로 고쳐 써야 합니다.

이는 **수십 년간의 과학 기술적 축적이 있었기에** 가능한 일이다.
→ 이는 **수십 년 동안 과학 기술 분야에서 성과를 쌓아 왔기에** 가능한 일이다.

'수십 년간의 과학 기술적 축적이 있었기에'는 우리말답지 못한 표현입니다. '수십 년 동안 과학 기술 분야에서 성과를 쌓아 왔기에'로 고쳐 쓰는 게 바람직하겠습니다.

00공사는 총 10개의 지방 공항을 통합 관리하는 공기업으로 각 공항을 효율적으로 건설·관리·**운영,** 항공산업을 육성·**지원하고** 국가경제의 발전과 국민 복지의 증진에 기여합니다.
→ 00공사는 총 10개의 지방 공항을 통합 관리하는 공기업으로 각 공항을 효율적으로 건설·관리·**운영하고,** 항공산업을 육성·**지원하여** 국가경제의 발전과 국민 복지의 증진에 기여합니다.

'각 공항을 효율적으로 건설·관리·운영, 항공산업을 육성·지원하고'는 매끄럽지 못한 부분입니다. 이를 '각 공항을 효율적으로 건설·관리·운영하고, 항공산업을 육성·지원하여'로 고쳐 써야 하겠습니다.

신용 카드 **사용은** 갚아야 할 빚입니다.
→ 신용 카드 **사용액은** 갚아야 할 빚입니다.

'신용 카드 사용 = 빚'이 아니므로 '사용'을 '사용액'으로 고쳐 써야 하겠습니다.

㈜000는 설계 단계부터 최종 시험 평가까지 **철저한 제품의 품질 검증을 실시합니다.**
→ ㈜000는 설계 단계부터 최종 시험 평가까지 **제품의 품질을 철저하게 검증합니다.**

두 번째 문장과 같이 부사어의 위치를 바꾸고 군더더기 말을 없애면 자연스러운 문장이 됩니다.

자격증의 **교부** → 자격증의 **발급**

'교부(交付)'는 잘 쓰이지 않는 말인 데다가 어려운 한자어이므로 '발급'으로 고쳐 쓰는 게 바람직하겠습니다.

상세 설계는 소프트웨어 제품의 패키지 **구성에도 관련이** 있다.
→ 상세 설계는 소프트웨어 제품의 패키지 **구성과도 관련되어** 있다.

'구성에도 관련이 있다.'를 '구성과도 관련되어 있다.'로 고치면 좀 더 자연스러운 문장이 됩니다.

마음만 먹으면 언제든지 쉽게 오실 수 있는 **의 섬에서 새로운 **삶의 의욕과** 추억을 만들어 보시기를 기원합니다.
→ 마음만 먹으면 언제든지 쉽게 오실 수 있는 **의 섬에서 새로운 **삶에 대한 의욕을 느끼고** 추억을 만들어 보시기를 기원합니다.

'의욕'은 만드는 것이 아니라 생기는 것이므로 '삶의 의욕'은 '만들어 보다'와 잘 호응하지 않습니다. '새로운 삶의 의욕과 추억을 만들어 보시기를'을 '새로운 삶에 대한 의욕을 느끼고 추억을 만들어 보시기를'로 바꾸어 쓰면 되겠습니다.

000은 컨버전스 시대에 적합한 모바일 솔루션**으로써** 국내외 통신 사업에서 주도적인 역할을 수행하고 있습니다.
→ 000은 컨버전스 시대에 적합한 모바일 솔루션**으로서** 국내외 통신 사업에서 주도적인 역할을 수행하고 있습니다.

문맥상 자격격 조사가 들어간 '솔루션으로서'를 써야 합니다.

우리 회사의 사업 분야는 **IT 서비스업을 주력 사업으로 영위하고 있습니다.**
→ 우리 회사의 **주력** 사업 분야는 **IT 서비스업입니다.**

원문은 주술관계가 올바르지 않습니다. '사업 분야는 IT 서비스업을 주력 사업으로 영위하고 있습니다.'를 '주력 사업 분야는 IT 서비스업입니다.'로 고쳐 쓰면 되겠습니다.

000는 **고객의 원활한 물품 배송을 지원합니다.**
→ 000는 **고객이 물품을 원활하게 배송할 수 있도록 도와 드립니다.**

'고객의 원활한 물품 배송을 지원합니다.'는 딱딱한 표현입니다. 이를 '고객이 물품을 원활하게 배송할 수 있도록 도와 드립니다.'로 고쳐 쓰면 부드럽게 읽을 수 있습니다.

Program의 명칭은 아침의 행복입니다.
→ **프로그램**의 명칭은 아침의 행복입니다.

외국 문자를 쓰지 않고 외래어 표기법에 따라 한글로 적어야 합니다.

나. 띄어쓰기

틀린 표기	바른 표기	틀린 표기	바른 표기
관련근거	관련 근거	생산제품	생산 제품
교류활동	교류 활동	요금체계	요금 체계
금융서비스	금융 서비스	인정 받고 있습니다.	인정받고 있습니다.
돌봄서비스	돌봄 서비스	중점사업	중점 사업
사업영역	사업 영역	현장중심	현장 중심

제품 소개

인생은 사람이 하루에 대해 생각하는 내용으로 이루어진다.

– 에머슨 –

05 제품 소개

가. 맞춤법

00는 **판매율과 재구매율이 지속적으로 상승하여 많은 고객에게 사랑을 받고** 있습니다.
→ 00는 **많은 고객으로부터 사랑을 받아 판매율과 재구매율이 지속적으로 상승하고** 있습니다.

원 문장은 인과관계가 올바르지 않습니다. '많은 고객으로부터 받는 사랑 때문에 판매율과 재구매율이 지속적으로 상승한다'라는 의미로 고쳐 써야 하겠습니다.

직전 **년도**의 신고소득이 연 3천만 원 이하인 자
→ 직전 **연도**의 신고소득이 연 3천만 원 이하인 자

'직전'과 '연도'는 한 단어가 아니므로 두음법칙에 의해 '연도'라고 써야 합니다.

이 제품은 직장인의 피로 **회복에** 무척 좋습니다.
→ 이 제품은 직장인의 피로 **해소에** 무척 좋습니다.

'피로 회복'이라는 말을 여기저기에서 자주 볼 수 있습니다. '회복하다'라는 단어의 뜻이 '원래의 상태로 돌이키거나 원래의 상태를

되찾다.'이므로 '피로'라는 단어와는 어울리지 않습니다. '회복'을 '해소'로 고쳐 써야 하겠습니다.

이 과정에서 크기, 깊이 **및** 수를 조정할 수 있습니다.
→ 이 과정에서 크기, 깊이**,** 수를 조정할 수 있습니다.

앞에 쉼표(,)를 썼으므로 일관성을 유지하기 위해 '깊이' 다음에도 쉼표를 찍는 것이 자연스럽습니다.

보호막 덕분에 **재질에 전혀 상함이 없습니다.**
→ 보호막 덕분에 **재질이 전혀 상하지 않습니다.**

'재질에 전혀 상함이 없습니다.'는 어색하게 읽힙니다. '재질이 전혀 상하지 않습니다.'로 쓰는 것이 자연스럽습니다.

보습성을 24시간 이상 유지할 수 **있는** 점이 장점입니다.
→ 보습성을 24시간 이상 유지할 수 **있다는** 점이 장점입니다.

'있는'을 '있다는'으로 고쳐 쓰면 좀 더 매끄러운 문장이 됩니다.

이 제품은 고객의 체중 감량에 **상당한** 도움을 줍니다.
→ 이 제품은 고객의 체중 감량에 **상당히** 도움을 줍니다.

'상당한'을 '상당히'로 고쳐 쓰면 좀 더 매끄러운 문장이 됩니다.

의료급여 수급자는 본인 **부담**이 없습니다.
→ 의료급여 수급자는 본인 **부담액**이 없습니다.

'본인 부담이 없다'보다는 '본인 부담액이 없다'라는 표현이 더 적절합니다.

혈중 **알콜** 농도를 상당히 떨어뜨립니다.
→ 혈중 **알코올** 농도를 상당히 떨어뜨립니다.

외래어 표기법에 따라 '알코올'로 써야 합니다.

000은 **견고하지** 못한, 두피의 방어막 기능을 강화합니다.
→ 000은 **원활하지** 못한, 두피의 방어막 기능을 강화합니다.

'견고하지 못한'은 '기능'이라는 말에 어울리지 않습니다. 이를 '원활하지 못한'으로 고쳐 쓰면 좋겠습니다.

지속적인 치료를 통해 재발 **기간을** 늦추는 것이 목표입니다.
→ 지속적인 치료를 통해 재발 **시점을** 늦추는 것이 목표입니다.

'재발 기간을 늦춘다'라는 표현은 어법에 맞지 않습니다. '재발 기간'을 '재발 시점'으로 고쳐 쓰면 되겠습니다.

연소 속도가 빨라 CO, NOx 등의 공해 **물질 발생이 적습니다.**
→ 연소 속도가 빨라 CO, NOx 등의 공해 **물질이 적게 발생합니다.**

명사+명사+명사의 형태(공해 물질 발생)로 구성되어 있어서 문장의 흐름이 매끄럽지 않습니다. '공해 물질 발생이 적습니다.'를 '공해 물질이 적게 발생합니다.'로 고쳐 쓰면 좋겠습니다.

배풍기의 회전 수가 **낮거나 높으면** 송풍기 케이스에 이물질이 끼일 수가 있습니다.
→ 배풍기의 회전 수가 **적거나 많으면** 송풍기 케이스에 이물질이 끼일 수가 있습니다.

숫자에 대해서는 '낮다', '높다'가 아닌 '적다', '많다'라는 말을 써야 합니다.

000은 저소득국가에서 유행하는 콜레라를 **예방하도록** 개발된 제품입니다.
→ 000은 저소득국가에서 유행하는 콜레라를 **예방하기 위해** 개발된 제품입니다.

문맥을 살펴보면 '예방하도록'이 아니라 '예방하기 위해'가 적절한 표현임을 알 수 있습니다.

햇빛에 반나절 정도 소독해야 합니다.
→ **햇볕**에 반나절 정도 소독해야 합니다.

'햇빛'은 '해의 빛'을 뜻하고, '햇볕'은 '해가 내리쬐는 기운'을 뜻하므로 '햇볕에 소독한다'가 바른 표현입니다.

***은 거칠어지기 쉬운 피부를 탄력 있고 **부드러운 피부로** 만들어 드립니다.
→ ***은 거칠어지기 쉬운 피부를 탄력 있고 **부드럽게** 만들어 드립니다.

한 문장 안에 '피부'라는 말이 중복됩니다. '피부를 탄력 있고 부드러운 피부로 만들어 드립니다.'를 '피부를 탄력 있고 부드럽게 만들어 드립니다.'로 고쳐 쓰면 되겠습니다.

000 프라이팬은 굽기, 튀기기, 볶기 등 일반적인 프라이팬 요리는 물론 쿠키나 케이크, 빵 등 다양한 요리를 **소화하는** 제품입니다.
→ 000 프라이팬은 굽기, 튀기기, 볶기 등 일반적인 프라이팬 요리는 물론 쿠키나 케이크, 빵 등 다양한 요리를 **할 수 있는** 제품입니다.

내용상 '요리를 소화하는'보다는 '요리를 할 수 있는'이 더 적절한 표현입니다.

하나의 열원으로 여러 가지 기능을 동시에 수행할 수 있어 **에너지와 편의성에 도움을 줄** 수 있습니다.
→ 하나의 열원으로 여러 가지 기능을 동시에 수행할 수 있어 **에너지를 절약하고 편의성을 증진할** 수 있습니다.

'에너지와 편의성에 도움을 줄 수 있습니다.'라는 표현은 의미의 전달력이 떨어집니다. 이를 '에너지를 절약하고 편의성을 증진할 수 있습니다.'로 고쳐 쓰면 되겠습니다.

000 우유는 **균형 잡힌 몸매**와 건강 관리에 도움을 줍니다.
→ 000 우유는 **몸매의 균형 유지**와 건강 관리에 도움을 줍니다.

'건강 관리'와 같이 서술형 명사로 통일될 수 있도록 '균형 잡힌 몸매와'를 '몸매의 균형 유지와'로 고쳐 써야 하겠습니다.

준비운동을 하면 몸을 이완시키고 피로 해소에 도움을 줍니다.
→ **준비운동은** 몸을 이완시키고 피로 해소에 도움을 줍니다.

원 문장에서는 문장 성분의 호응이 어색합니다. '준비운동을 하면'을 '준비운동은'으로 고쳐 쓰면 자연스러운 문장이 됩니다.

국내산 쌀과 함께 소맥분을 사용하므로 **목 넘김과** 함께 진한 맛을 느낄 수 있다.
→ 국내산 쌀과 함께 소맥분을 사용하므로 **무난한 목 넘김과** 함께 진한 맛을 느낄 수 있다.

뒤에 형용사+명사 형태의 표현('진한 맛')이 나오므로 '목 넘김'도 역시 이러한 형태인 '무난한 목 넘김'으로 고쳐 주면 좋겠습니다.

231개의 다양한 **객실은** 제주 바다와 한라산을 조망할 수 있습니다.
→ 231개의 다양한 **객실에서는** 제주 바다와 한라산을 조망할 수 있습니다.

조망을 하는 주체는 '객실'이 아니므로 '객실은'을 '객실에서는'으로 바꾸어야 합니다.

자연채광이 **가득 채워진** 실내 수영장은 크게 호평받고 있습니다.
→ 자연채광이 **매우 잘 되는** 실내 수영장은 크게 호평받고 있습니다.

'채광(採光)'은 '창문 따위를 내어 햇빛을 비롯한 광선을 받아 들임.'을 뜻합니다. 따라서 '자연채광이 가득 채워지다'는 어법에 맞지 않는 표현입니다. '자연채광이 가득 채워진'을 '자연채광이 매우 잘 되는'으로 고쳐 쓰면 좋겠습니다.

이 제품은 식약처의 해당 기준에 **준하여** 미세먼지를 차단합니다.
→ 이 제품은 식약처의 해당 기준에 **따라** 미세먼지를 차단합니다.

한자어가 들어간 '준하여' 대신 '따라'를 쓰는 게 바람직하겠습니다.

빠르고 정확하게 목적지까지 안내해 드립니다.
→ **목적지까지 빠르고 정확하게** 안내해 드립니다.

부사어를 수식을 받는 서술어의 바로 앞에 놓아야 의미를 분명하게 전달할 수 있습니다.

사고와 위급 상황에서도 든든하게 지켜 드립니다.
→ **사고가 났을 때나 위급한 상황에서도** 든든하게 지켜 드립니다.

'사고'는 '에서도'와 잘 호응하지 않습니다. '사고와 위급 상황에서도'를 '사고가 났을 때나 위급한 상황에서도'로 바꾸면 좋겠습니다.

탈모 **초기이거나** 더위를 많이 타시는 분들이 선호하는 제품입니다.
→ 탈모 **초기에 해당하는 분들이나** 더위를 많이 타시는 분들이 선호하는 제품입니다.

'탈모 초기'는 '분'과 잘 호응하지 않습니다. '초기이거나'를 '초기에 해당하는 분들이나'로 고쳐 쓰면 좋겠습니다.

우리 집 공기청정기가 수집한 데이터와 000 통합상황실에서 수집된 데이터가 **모아져** 긴급 상황이 발생했을 때에는 알람이 울립니다.
→ 우리 집 공기청정기가 수집한 데이터와 000 통합상황실에서 수집된 데이터가 **모여** 긴급 상황이 발생했을 때에는 알람이 울립니다.

'모이다'가 자동사이므로 '모아지다'로 쓰면 바르지 않습니다.

촉촉함이 오랫동안 **머무는** 제품입니다.
→ 촉촉함이 오랫동안 **유지되는** 제품입니다.

'머물다'의 뜻은 '도중에 멈추거나 일시적으로 어떤 곳에 묵다.'입니다. 따라서 '촉촉함이 머물다'라는 표현은 어법에 맞지 않습니다. '머무는'을 '유지되는'으로 고쳐 쓰면 좋겠습니다.

순면 외피로 **피부 자극 없이** 건강을 챙겨 줍니다.
→ 순면 외피로 **피부를 자극하지 않고** 건강을 챙겨 줍니다.

'피부 자극 없이'를 적절한 조사와 서술어를 넣은 '피부를 자극하지 않고'로 고쳐 쓰면 자연스러운 문장이 됩니다.

> 문서 번호 자동 생성 서비스를 제공함으로써 문서관리 담당자의 업무 부담을 **경감해 줄** 수 있습니다.
> → 문서 번호 자동 생성 서비스를 제공함으로써 문서관리 담당자의 업무 부담을 **줄여 줄** 수 있습니다.

어려운 한자어인 '경감하다' 대신 순 우리말인 '줄여 주다'를 쓰는 게 바람직하겠습니다.

> 고객의 현재 여건에 **알맞는** 서비스를 제공할 수 있습니다.
> → 고객의 현재 여건에 **알맞은** 서비스를 제공할 수 있습니다.

'알맞다'는 형용사이므로 '알맞은'으로 써야 합니다.

> 와이즈 000는 고객과 000센터의 **계정 공유가 안 되는** 점을 보완하고자 만든 신규 서비스입니다.
> → 와이즈 000는 고객과 000센터의 **계정이 공유되지 않는다는** 점을 보완하고자 만든 신규 서비스입니다.

'계정 공유가 안 되는 점을'은 매끄럽지 않은 표현입니다. '계정이 공유되지 않는다는 점을'으로 풀어 쓰면 좋겠습니다.

> **환전의 번거로움 없는** 현금 카드입니다.
> → **환전을 해야 하는 번거로움을 겪지 않아도 되는** 현금 카드입니다.

'환전의 번거로움 없는'은 흐름이 자연스럽지 않은 표현입니다. 이를 '환전을 해야 하는 번거로움을 겪지 않아도 되는'으로 고쳐 쓰면 되겠습니다.

항체를 빠르고 정확하게 만드는 데 필요한, **다년간의** 축적된 경험과 전문 **연구원** 보유
→ 항체를 빠르고 정확하게 만드는 데 필요한, **다년간** 축적된 경험과 전문 **연구원을** 보유

'다년간의 축적된 경험과'에서 조사 '의'는 없애는 것이 좋습니다. '전문 연구원'의 뒤에 조사 '을'을 덧붙이면 문장이 좀 더 매끄러워집니다.

이 자전거는 높이가 자동으로 **조정**됩니다.
→ 이 자전거는 높이가 자동으로 **조절**됩니다.

'조정(調整)'의 뜻은 '어떤 기준이나 실정에 맞게 정돈함'이고 '조절(調節)의 뜻은 '균형이 맞게 바로잡음. 또는 적당하게 맞추어 나감.' 입니다. 따라서 위 문장에서는 '조절'을 써야 합니다.

나. 띄어쓰기

틀린 표기	바른 표기	틀린 표기	바른 표기
가입대상	가입 대상	동작상태	동작 상태
가입방법	가입 방법	상품구분	상품 구분
가입조건	가입 조건	세액공제	세액 공제
근로 소득	근로소득	제품구성	제품 구성
대출 금리	대출금리	품질검사	품질 검사

인사 제도 · 복리후생

당신은 두려운 얼굴로 맞는 모든 경험을 통해 힘과 용기와 자신감을 얻는다.

– 루즈벨트 –

06 인사 제도·복리후생

가. 맞춤법

인력 **채용 배치** → 인력 **채용·배치**

'인력 채용'과 '인원 배치'를 줄여 하나의 어구로 써야 하기에 가운뎃점(·)을 씁니다.

회사의 모든 **구성원은 개인마다** 자신이 맡은 업무 영역을 책임져야 합니다.
→ 회사의 모든 **구성원은** 자신이 맡은 업무 영역을 책임져야 합니다.

'개인마다'가 없어도 그 뜻이 충분히 잘 통합니다. 즉 '개인마다'는 군더더기입니다.

최종 합격자에게는 **최종 합격 통보 및 인사 관련 안내가 제공됩니다.**
→ 최종 합격자에게는 **합격을 통보하고 인사 관련 사항을 안내합니다.**

'최종 합격 통보 및 인사 관련 안내가 제공됩니다.'에서 '통보'와 '제공됩니다'는 잘 호응하지 않습니다. 이를 '합격을 통보하고 인사 관련 사항을 안내합니다.'로 바꾸어야 하겠습니다.

회사는 **각 사업 영업별로** 최고의 전문 인재들을 확보하고 있습니다.
→ 회사는 **사업 영업별로** 최고의 전문 인재들을 확보하고 있습니다.

'각(各)'과 '별(別)'은 유사어입니다. '각(各)'을 삭제해야겠습니다.

채용 과정 및 심사 기준 사전 공개
→ **채용 과정과 심사 기준을 사전에** 공개

명사만 나열되어 있어 가독성이 떨어지므로 적절한 조사를 추가하는 게 좋겠습니다. '채용 과정 및 심사 기준 사전'을 '채용 과정과 심사 기준을 사전에'로 고쳐 주면 좋겠습니다.

매년 초 전 임직원이 **자기계발 계획을** 작성하여 제출하여야 합니다.
→ 매년 초 전 임직원이 **자기계발 계획서를** 작성하여 제출하여야 합니다.

'자기계발 계획'은 수립하는 것이지 작성하는 것이 아닙니다. 작성이라는 말을 그대로 두려면 '자기계발 계획'을 '자기계발 계획서'로 바꾸어야 합니다.

상사, 동료, 부하에 의한 공정한 **다면평가**의 운영
→ 상사, 동료, 부하에 의한 공정한 **다면평가 제도**의 운영

평가의 뜻은 '사물의 가치나 수준 따위를 평함. 또는 그 가치나 수준'입니다. 따라서 '다면평가 운영'은 어색한 말입니다. '다면평가' 뒤에 '제도'라는 말을 덧붙이는 게 좋겠습니다.

승진에 필요한 현 직급 최저 근무 **년수**: 2년
→ 승진에 필요한 현 직급 최저 근무 **연수**: 2년

'근무 년수'는 한 단어가 아닙니다. 두음법칙에 의해 '년수'를 '연수'로 고쳐 써야 합니다.

최종 합격된 **대상자**는 000리조트의 신규 입사자로 입사하게 됩니다.
→ 최종 합격된 **지원자**는 000리조트의 신규 입사자로 입사하게 됩니다.

'대상자'가 아니라 '지원자'가 적절한 말입니다.

비전 공유와 실천의 리더
→ **비전을 공유하고 실천하는** 리더

조사 '의'가 들어감으로써 우리말답지 않은 표현이 되어 버렸습니다. '비전 공유와 실천의'를 '비전을 공유하고 실천하는'으로 고쳐 주면 좋겠습니다.

인사평가라고 하면 흔히 복잡한 것으로 인식하기가 쉽습니다.
→ **인사평가는** 흔히 복잡한 것으로 인식하기가 쉽습니다.

'~라고 하면'은 군더더기 말입니다. '인사평가라고 하면'을 '인사평가'로 고쳐 쓰면 문장이 간결해집니다.

채용한 인재를 교육하여 **프로페셔널한 전문 인력으로** 양성하기 위한 체계적인 교육 프로그램을 운영
→ 채용한 인재를 교육하여 **우수한 전문 인력으로** 양성하기 위한 체계적인 교육 프로그램을 운영

어법에도 맞지 않고 굳이 쓸 필요도 없는 '프로패셔널한' 대신 '우수한'이라는 말을 쓰는 게 좋겠습니다.

000의 지속적인 성장을 위해 **역량과 능력을** 갖춘 인재를 육성하고 있습니다.
→ 000의 지속적인 성장을 위해 **역량을** 갖춘 인재를 육성하고 있습니다.

'역량'과 '능력'은 유의어이므로 한 단어만 쓰는 게 바람직합니다.

전략적 사고의 **강화** → 전략적 사고의 **함양**

'사고(思考)'라는 말에는 '강화'보다는 '함양'이 더 잘 어울립니다.

우리 회사는 **2016년부터** 유연근무제를 도입했습니다.
→ 우리 회사는 **2016년에** 유연근무제를 도입했습니다.

'도입'처럼 어느 한 시점에 행위가 벌어지거나 완료되는 단어는 '부터'와 호응하지 않습니다. '2016년부터'를 '2016년에'로 고쳐 써야 합니다.

종업원의 경조사가 발생했을 때는 **휴가 부여 및 경조금 지급을 실시하고 있습니다.**
→ 종업원의 경조사가 발생했을 때는 **휴가를 부여하고 경조금을 지급합니다.**

'휴가 부여'와 '실시하고'는 잘 호응되지 않습니다. 따라서 '휴가 부여 및 경조금 지급을 실시하고 있습니다.'를 '휴가를 부여하고 경조금을 지급합니다.'로 바꾸어 주어야 합니다.

사원 주택 **운영** → 사원 주택 **제공**

'사원 주택 운영'은 어법에 맞지 않는 구문입니다. '운영'을 '제공'으로 고쳐 써야 하겠습니다.

각종 사내 동호회 **제공** → 각종 사내 동호회 **지원**

내용상 '제공'보다는 '지원'이라는 말이 더 적절합니다.

하계 휴가 **및** 명절 휴가비 지급
→ 하계 휴가 **부여,** 명절 휴가비 지급

'하계 휴가'는 '지급'과 어울리지 않습니다. '및'을 '부여,'로 고쳐 써야 하겠습니다.

장기 **근속 후, 퇴직자 포상** 및 진료비 감면 혜택 부여
→ 장기 **근속을 한 후 퇴직하는 자에게는 포상 시행** 및 진료비 감면 혜택 부여

원 구문은 조사와 서술어 등이 누락되어 가독성이 떨어집니다. 두 번째 구문과 같이 고쳐 써야 하겠습니다.

전국 주요 관광지에 있는 회사 콘도를 **자유롭고 저렴하게 간단한 절차를 거친 후** 이용할 수 있습니다.
→ 전국 주요 관광지에 있는 회사 콘도를 **간단한 절차를 거친 후 자유롭고 저렴하게** 이용할 수 있습니다.

부사어인 '자유롭고 저렴하게'가 수식을 받는 말인 '이용할 수'의 앞에 자리 잡아야 문장 흐름이 자연스러워집니다.

다만, 부득이한 경우**에** 별도의 특별채용을 굵게 할 수 있다.
→ 다만, 부득이한 경우**에는** 별도의 특별채용을 굵게 할 수 있다.

문맥상 '경우에'보다는 '경우에는'이 더 적절합니다.

하계 **휴가 시** 콘도미니엄을 휴양소로 운영함은 물론 휴가비를 지급합니다.
→ 하계 **휴가철에는** 콘도미니엄을 휴양소로 운영함은 물론 휴가비를 지급합니다.

'하계 휴가 시'는 어색하게 읽히는 부분입니다. '하계 휴가철에는'으로 고쳐 쓰면 좋겠습니다.

통근버스 **운영** → 통근버스 **운행**

'통근버스'에 어울리는 말은 '운영'이 아닌 '운행'입니다.

출퇴근 시간을 조정할 수 있는 유연근무제 시행
→ **출·퇴근** 시간을 조정할 수 있는 유연근무제 시행

'출근과 퇴근'을 공통 요소로 묶은 말이므로 가운뎃점(·)을 넣어 '출·퇴근'으로 써야 합니다.

20년 **근속 시에는 배우자 동반 해외여행을** 제공합니다.
→ 20년 **근속을 한 직원에게는 배우자와 함께 해외여행을 할 수 있는 기회를** 제공합니다.

원 문장은 문장 흐름이 자연스럽지 못합니다. 두 번째 문장과 같이 고쳐 쓰면 자연스럽게 읽을 수 있습니다.

구성원들의 **자긍심**, 사기 진작, 업무 능률 향상에 기여하고 있습니다.
→ 구성원들의 **자긍심 고취**, 사기 진작, 업무 능률 향상에 기여하고 있습니다.

'자긍심'이라는 단어만 가지고는 '기여하다'와 호응할 수 없습니다. '자긍심' 뒤에 '고취'를 덧붙이는 게 좋겠습니다.

셔틀버스, **교통비**, 직원 식당 운영
→ **셔틀버스 운행**, **교통비 지급**, 직원 식당 운영

'셔틀버스'와 '교통비'의 뒤에 서술형 명사를 넣어 주어야 그 뜻이 명확해집니다. '셔틀버스 운행', '교통비 지급'으로 바꾸어야 하겠습니다.

직급에 따라 차량 유지비를 **지원**
→ 직급에 따라 차량 유지비를 **차등 지원**

'차등'이라는 말을 넣으면 의미가 좀 더 명확해집니다.

장기 **근속자에 대하여** 포상을 실시하고 있습니다.
→ 장기 **근속자에게는** 포상을 실시하고 있습니다.

'장기 근속자에 대하여'는 자연스럽지 않은 표현입니다. 이를 간결하게 '장기 근속자에게는'으로 고쳐 쓰면 좋겠습니다.

나. 띄어쓰기

틀린 표기	바른 표기	틀린 표기	바른 표기
기본원칙	기본 원칙	인사제도	인사 제도
법정보험	법정 보험	인재육성	인재 육성
사내동호회	사내 동호회	정기인사	정기 인사
신규입사자	신규 입사자	직군체계	직군 체계
어학교육	어학 교육	특정직무	특정 직무
인력수급	인력 수급	표준연한	표준 연한
인사정책	인사 정책	핵심역량	핵심 역량

고객센터

다른 사람들을 지배하려는 사람은 먼저 자신을 지배해야 한다.

– 필립 메신저 –

07 고객센터

가. 맞춤법

신청서는 **e-메일을** 통해 접수함.
→ 신청서는 **이메일을** 통해 접수함.

외래어 표기법에 따라 '이메일'로 써야 합니다.

구독 신청을 원하시는 분께서는 다음과 같이 신청해 주시기 바랍니다.
→ **구독을** 원하시는 분께서는 다음과 같이 신청해 주시기 바랍니다.

원 문장에서 첫 번째로 나오는 '신청'은 굳이 쓸 필요가 없는 군더더기입니다. 따라서 '구독 신청을'을 '구독을'로 고쳐 주면 좋겠습니다.

이 프로그램에 **대해** 고객 여러분의 의견을 들려 주십시오.
→ 이 프로그램에 **관한** 고객 여러분의 의견을 들려 주십시오.

'의견'을 꾸며야 하므로 관형형이 와야 합니다. 말하거나 생각하는 대상으로 한다는 뜻일 때는 '대하다'보다는 '관하다'가 좀 더 잘 어울립니다. 따라서 '대해'를 '관한'으로 고쳐 주는 것이 좋겠습니다.

공사의 상품, 서비스, 제도와 관련된 **고객님의 질의하신 사항에 대해** 신속히 해결해 드리도록 하겠습니다.
→ 공사의 상품, 서비스, 제도와 관련된 **고객님의 질의 사항을** 신속히 해결해 드리도록 하겠습니다.

'~와 관련된 고객님의 질의하신 사항에 대해 신속히 해결해 드리도록 하겠습니다.'라는 표현은 어색합니다. 이를 '~와 관련된 고객님의 질의 사항을 신속히 해결해 드리도록 하겠습니다.'로 고쳐 쓰면 되겠습니다.

설치 비용은 회원님께서 온라인을 통해 **선결제해** 주셔야 합니다.
→ 설치 비용은 회원님께서 온라인을 통해 **미리 결제해** 주셔야 합니다.

'선결제(先決濟)'는 쉽게 이해할 수 없는 말입니다. 이를 '미리 결제'라는 표현으로 고쳐 주면 좋겠습니다.

참여자의 **의견 수렴은** 홈페이지를 통해 **진행**됩니다.
→ 참여자들의 **의견은** 홈페이지를 통해 **수렴**됩니다.

이 문장에서 술어 부분의 '진행'이라는 말은 굳이 쓸 필요가 없습니다. 즉 군더더기인 셈입니다. '진행'이라는 말을 '수렴'으로 대체하면 되겠습니다.

OO의 전체 **목록 열람은** 저희 회사의 홈페이지를 참고하시기 바랍니다.
→ OO의 전체 **목록을 열람하려면** 저희 회사의 홈페이지를 참고하시기 바랍니다.

'열람은'과 '참고하시기 바랍니다.'는 잘 호응하지 않습니다. '열람은'을 '열람하려면'으로 고쳐 쓰면 자연스럽게 호응합니다.

담당자에게 **별도 문의 없이** 온라인에서 파악할 수 있다.
→ 담당자에게 **별도로 문의하지 않고도** 온라인에서 파악할 수 있다.

'별도 문의 없이'라는 표현은 의미의 전달력이 떨어집니다. 이를 '별도로 문의하지 않고도'라고 풀어서 고쳐 쓰면 의미를 더욱 명쾌하게 전달할 수 있습니다.

고객 여러분께 피해를 끼쳐 **드린 데 대해 송구함을 표하고자 합니다.**
→ 고객 여러분께 피해를 끼쳐 **드려 송구합니다.**

원 문장은 딱딱함과 늘어진다는 것을 느끼게 합니다. '피해를 끼려 드린 데 대해 송구함을 표하고자 합니다.'를 '피해를 끼려 드려 송구합니다.'로 간결하게 고쳐 쓰면 되겠습니다.

우수 **제안으로 채택되신** 분들께는 소정의 포상금을 지급해 드립니다.
→ 우수 **제안자로 선정되신** 분들께는 소정의 포상금을 지급해 드립니다.

사람(분)은 우수 제안이 아닌 우수 제안자로 뽑히는 것이므로

'우수 제안으로 채택되신'을 '우수 제안자로 선정되신'으로 고쳐 주어야 합니다.

서비스에 대한 **기대가** 높은 고객이 많습니다.
→ 서비스에 대한 **기대치가** 높은 고객이 많습니다.

'기대'는 '어떤 일이 원하는 대로 이루어지기를 바라면서 기다림.'의 뜻이므로 '높다'와 어울리지 않습니다. '기대하였던 목표의 정도'를 뜻하는 '기대치'가 '높다'와 더 잘 어울립니다.

이러한 제안을 **받을** 경우 즉시 신고해 주시기 바랍니다.
→ 이러한 제안을 **받은** 경우 즉시 신고해 주시기 바랍니다.

'받을 경우'는 '받을 예정'이거나 '받을 것으로 추측함.'을 뜻하므로, 확정된 현실이 아닙니다. 문맥으로 보아 '물품을 받고 난 이후 신고하라'는 의미이므로 과거형인 '받은 경우'로 쓰는 것이 더 적절해 보입니다.

전화로 **미리 예약하고** 방문하면 대기 시간을 줄일 수 있습니다.
→ 전화로 **예약하고** 방문하면 대기 시간을 줄일 수 있습니다.

'예약(豫約)'의 뜻은 '미리 약속함.'입니다. 따라서 '미리 예약하고'는 겹말 표현이 됩니다. '미리 예약하고'에서 '미리'를 삭제해야 하겠습니다.

홈페이지의 고객센터 **클릭** ⇒ 고객 제안방 **클릭** ⇒ 제안 내용 작성 ⇒ 확인 **클릭**
→ 홈페이지의 고객센터 **선택** ⇒ 고객 제안방 **선택** ⇒ 제안 내용 작성 ⇒ 확인 **선택**

될 수 있으면 외래어는 같은 뜻을 지닌 우리말로 고쳐 쓰는 게 좋겠습니다.

친절한 모범 직원이나 **칭찬할 사례가 있는 경우 이를** 통보해 주시면, 널리 알려 본보기가 되도록 하겠습니다.
→ 친절한 모범 직원이나 **칭찬할 사례를** 통보해 주시면, 널리 알려 본보기가 되도록 하겠습니다.

'칭찬할 사례가 있는 경우 이를'을 '칭찬할 사례를'로 고쳐 주시면 문장이 한결 간결해집니다.

고객께서는 다음과 같이 문의 및 불만 **접수** 등을 하실 수 있습니다.
→ 고객께서는 다음과 같이 문의 및 불만 **제기** 등을 하실 수 있습니다.

'접수'는 고객이 하는 것이 아니므로 이를 '제기'로 고쳐 쓰면 좋겠습니다.

여기는 민원을 **제출**하는 창구입니다.
→ 여기는 민원을 **신청**하는 창구입니다.

'민원(民願)'의 뜻은 '주민이 행정기관에 대하여 원하는 바를 요구하는 일.'입니다. 따라서 '민원을 제출하다'라는 표현은 어색합니다. '민원을 신청하다'라는 표현으로 바꾸어야 하겠습니다.

> VIP 고객에게는 3시간 이내 무료 **주차를** 제공함.
> → VIP 고객에게는 3시간 이내 무료 **주차 서비스를** 제공함.

'무료 주차를 제공함'이라는 표현은 우리말 어법에 맞지 않습니다. '무료 주차 서비스를 제공함'으로 바꾸어 써야 하겠습니다.

> 제품이 파손되거나 **사용이 안 된다면** 직접 고치지 마시고 고객센터로 연락해 주십시오.
> → 제품이 파손되거나 **사용할 수 없다면** 직접 고치지 마시고 고객센터로 연락해 주십시오.

'사용이 안 된다면'은 어법에 맞지 않는 표현입니다. 이를 '사용할 수 없다면'으로 고쳐 쓰시기 바랍니다.

> 품질 사고가 발생하면 **지체 없이** 품질 관리팀으로 통보해 주시기 바랍니다.
> → 품질 사고가 발생하면 **곧바로** 품질 관리팀으로 통보해 주시기 바랍니다.

'지체 없이'보다 더 쉬운 말인 '곧바로'를 쓰는 게 좋겠습니다.

> 비밀번호를 **분실한** 경우에는 아래 연락처로 문의해 주시기 바랍니다.
> → 비밀번호를 **잊어 버린** 경우에는 아래 연락처로 문의해 주시기 바랍니다.

비밀번호는 물건이 아니기 때문에 '분실하다'라는 말은 적절하지 않습니다. 따라서 '분실한'을 '잊어 버린'으로 고쳐 써야 하겠습니다.

아래의 필수 **항목은** 반드시 동의하셔야 **회원 가입이 됩니다.**
→ 아래의 필수 **항목에는** 반드시 동의하셔야 **회원으로 가입할 수 있습니다.**

'회원 가입이 됩니다.'는 피동적인 표현이므로 앞에 오는 구절과 어색하게 이어집니다. 두 번째 문장과 같이 고쳐 쓰면 자연스럽게 읽을 수 있습니다.

모든 처리 과정은 간단한 회원 가입 절차만으로 신청부터 결과 확인까지 가능합니다.
→ 간단한 절차를 거쳐 회원 가입만 해도 신청부터 결과까지 모든 처리 과정을 확인할 수 있습니다.

원 문장은 주술관계가 제대로 호응하지 않습니다. 두 번째 문장과 같이 고쳐 주면 의미를 명확하게 전달할 수 있습니다.

상품 수령은 어떻게 **하나요**?
→ **상품은** 어떻게 **수령하나요**?

'명사+명사' 꼴인 '상품 수령'이라는 문구 때문에 문장이 어색하게 읽힙니다. 동사 '수령하다'를 활용하면 문장이 좀 더 간결하고 매끄러워집니다.

우대 고객께서는 전용 창구에서 **접수**할 수 있습니다.
→ 우대 고객께서는 전용 창구에서 **신청**할 수 있습니다.

우대 고객이 접수하는 행위의 주체가 아니므로 '접수'를 '신청'으로 바꿔 써야 합니다.

고객 상담과 관련된 자세한 사항은 **당사**의 홈페이지를 참고해 주시기 바랍니다.
→ 고객 상담과 관련된 자세한 사항은 **우리 회사**의 홈페이지를 참고해 주시기 바랍니다.

'당사'는 '바로 그 회사, 바로 이 회사'처럼 '회사' 자체를 가리키는 말이므로 적절하지 않습니다. '우리 회사'라고 표현하는 것이 적절합니다.

로그인이 안 **되요.** → 로그인이 안 **돼요.**

어떤 진행의 상태를 나타내는 자동사로는 '되다'를 써야 합니다. '되어'의 준말은 '돼'로 표기됩니다.

만족한다( ), **불만족한다**( )
→ 만족한다( ), **만족하지 않는다**( )

'불만족하다'는 형용사이므로, 동사 어간에 붙어 쓰이는 종결어미 '-ㄴ다'를 붙일 수 없습니다. 따라서 '불만족한다'를 '만족하지 않는다'로 고쳐 써야 합니다.

위 상담 시간 외에는 고객센터 자동응답시스템(ARS)**로** 연락해 주시기 바랍니다.
→ 위 상담 시간 외에는 고객센터 자동응답시스템(ARS)**으로** 연락해 주시기 바랍니다.

조사가 괄호 앞의 단어인 '자동응답시스템'과 연결되므로 '로'가 아닌 '으로'를 써야 합니다.

정상적으로 상품을 받을 수 있나요?
→ **상품은 정상적으로** 받을 수 있나요?

원 문장에서는 부사어 '정상적으로'의 위치가 적절하지 않습니다. 이를 수식받는 '받을'의 앞에 놓으면 좋겠습니다.

인터넷 예약자는 **교육 시작 전 현장 확인 필수입니다.**
→ 인터넷 예약자는 **교육이 시작되기 전에 현장에서 반드시 예약 사항을 확인하셔야 합니다.**

원 문장에서는 술어 부분에 명사들이 나열됨으로써 의미를 제대로 전달하지 못하고 있습니다. 적절한 조사와 서술어를 넣고 풀어 쓰는 게 좋겠습니다.

관련 부서와의 유기적인 협조 체제로 고객의 **잠재 불만과** 기대 욕구를 충족하겠습니다.
→ 관련 부서와의 유기적인 협조 체제로 고객의 **잠재 불만을 해소하고** 기대 욕구를 충족하겠습니다.

'잠재 불만'과 '충족하겠습니다.'는 잘 호응하지 않습니다. '잠재 불만과'를 '잠재 불만을 해소하고'로 고쳐 쓰면 되겠습니다.

영업점 직원에게 요청해 주시면 전문 컨설턴트가 방문하여 **프로그램 시연 및** 상담을 **도와 드립니다.**
→ 영업점 직원에게 요청해 주시면 전문 컨설턴트가 방문하여 **프로그램을 시연하고** 상담을 **해 드립니다.**

'프로그램 시연과 상담을 도와 드린다'라는 의미가 아니므로 '프로그램 시연 및 상담을 도와 드립니다.'를 '프로그램을 시연하고 상담을 해 드립니다.'로 고쳐 써야 합니다.

홈페이지, 전화, FAX, 우편 등을 통해 **주시는** 불만 사항을 적극적으로 해소하겠습니다.
→ 홈페이지, 전화, FAX, 우편 등을 통해 **제기하시는** 불만 사항을 적극적으로 해소하겠습니다.

'불만 사항을 주다'라는 표현은 어색합니다. '불만 사항을 제기하다'라는 형태로 바꾸어야 합니다.

서면 **민원 접수는 평일만 접수 가능합니다.**
→ 서면 **민원은 평일에만 접수합니다.**

'접수'라는 말이 중복되어 있고 술어가 '가능합니다.'이기 때문에 말느낌이 그다지 좋지 않습니다. 두 번째 문장과 같이 고쳐 주면 되겠습니다.

접수 마감 시간에는 동시 접속에 따른 시스템 장애가 우려되니, **시간** 여유를 두고 지원해 주시기 바랍니다.
→ 접수 마감 시간에는 동시 접속에 따른 시스템 장애가 우려되니, **시간에** 여유를 두고 지원해 주시기 바랍니다.

'시간 여유를 두고'보다는 '시간에 여유를 두고'가 더 자연스러운 표현입니다.

이용 카드는 **누구나 발급 가능합니다.**
→ 이용 카드는 **누구에게나 발급할 수 있습니다.**

'누구나'가 발급 주체가 아니기 때문에 '누구나 발급 가능합니다.'라는 표현은 적절하지 않습니다. '누구에게나 발급할 수 있습니다.'라고 바꾸어야 합니다.

관계 법령에 위반되는 행위는 **일체** 금함.
→ 관계 법령에 위반되는 행위는 **일절** 금함.

'금하다'와 같이, 흔히 행위를 그치게 하거나 어떤 일을 하지 않을 때는 '일절 금함'이 더 적절한 표현으로 쓰입니다.

고객님들께서 가장 자주 **찾으시는** 질문을 모았습니다.
→ 고객님들께서 가장 자주 **하시는** 질문을 모았습니다.

문맥상 '찾으시는'보다 '하시는'이 더 적절한 말입니다.

제품에 대해 궁금한 내용을 **남겨** 주시면 신속하게 **처리해** 드리겠습니다.
→ 제품에 대해 궁금한 내용을 **문의해** 주시면 신속하게 **답변해** 드리겠습니다.

'남기다'와 '처리하다'는 이 문장에서 적절하지 못한 말입니다. '남겨'를 '문의해'로, '처리해'를 '답변해'로 각각 바꾸면 좋겠습니다.

고객 가치가 최우선이라는 **원칙하에** 고객만족도를 더욱 끌어올리겠습니다.
→ 고객 가치가 최우선이라는 **원칙에 따라** 고객만족도를 더욱 끌어올리겠습니다.

'원칙하에'는 딱딱한 느낌을 주는 표현입니다. '원칙에 따라'로 바꿔 쓰는 것이 바람직합니다.

나. 띄어쓰기

틀린 표기	바른 표기	틀린 표기	바른 표기
결제안내	결제 안내	배송조회	배송 조회
고객불만	고객 불만	예약신청	예약 신청
고객상담	고객 상담	이용안내	이용 안내
고객센터	고객 센터	자동 이체	자동이체
고객지원	고객 지원	접수방법	접수 방법
고객 만족도	고객만족도	정보제공	정보 제공
고객상담	고객 상담	질의 응답	질의응답
교환장소	교환 장소	처리절차	처리 절차
민원처리	민원 처리	회원가입	회원 가입
배송서비스	배송 서비스	회원정보	회원 정보

모바일 문장

잘못된 생각을 바꾸지 않는 것은 흐르지 않는 물을 담고 있는 것과 같다.

– 블레이크 –

08 모바일 문장

가. 맞춤법

내일 **회의가** 예상됩니다.
→ 내일 **회의가 열릴 것으로** 예상됩니다.

주어인 '회의가'에 대한 서술어가 없기 때문에 주술 호응이 되지 않습니다. '내일 회의가 열릴 것으로 예상됩니다.'라고 표현하는 것이 적절하겠습니다.

회사의 신제품 개발과 관련된 자료를 내일 **언론에** 배포할 예정입니다.
→ 회사의 신제품 개발과 관련된 자료를 내일 **언론 매체에** 배포할 예정입니다.

'언론(言論)'은 '개인이 말이나 글로 자기의 생각을 발표하는 일. 또는 그 말이나 글'을 뜻합니다. '언론' 대신 '언론 매체'로 쓰면 의미를 좀 더 명확하게 전달할 수 있습니다.

뒷문장을 찬찬히 읽어 보세요.
→ **뒤 문장**을 찬찬히 읽어 보세요.

'뒷문장'은 '뒤 문장'을 잘못 쓴 것입니다. 이는 한 단어가 아니기에

띄어쓰기를 해야 합니다.

수시로 아무 때나 진행할 수 있다.
→ **아무 때나** 진행할 수 있다.

'수시(隨時)'의 뜻은 '일정하게 정하여 놓은 때 없이 그때그때 상황에 따름.'입니다. 따라서 '수시'와 '아무 때'는 유의어입니다.

멀지 않아 결과가 발표될 것이다.
→ **머지않아** 결과가 발표될 것이다.

'시간적으로 멀지 않다'라는 의미이므로 '머지않아'로 써야 합니다.

염치 **불구하고** 내일 부탁 좀 드리겠습니다.
→ 염치 **불고하고** 내일 부탁 좀 드리겠습니다.

부끄럽거나 체면이 서지 않을 때 '염치 불구하고'라는 표현을 종종 사용합니다. 하지만 이는 틀린 표현입니다. '염치 불고하고'가 올바른 표현입니다. '염치'는 '부끄러움을 아는 마음'을 뜻하고, '불고'는 '돌아보지 아니함.'을 뜻합니다.

이번 주 회식 장소는 **진짜** 맛있는 집으로 잡았으면 해요.
→ 이번 주 회식 장소는 **정말** 맛있는 집으로 잡았으면 해요.

'진짜'는 '꾸밈이나 거짓이 없이 참으로'를 뜻하는 부사입니다. 이 문장에서는 이 말이 쓰임으로써 문장이 어색하게 되어 버렸습니다. '진짜' 대신 '거짓이 없이 말 그대로'를 뜻하는 부사인 '정말'을 쓰는 게 좋겠습니다.

김00 **과장에게 교육 대상 여부 확인 및** 교육을 할 수 있다.
→ 김00 **과장이 교육 대상자임이 확인되면** 교육을 할 수 있다.

원 문장의 뜻이 명확하지 않습니다. 뜻을 분명히 전달할 수 있도록 문장을 쉽게 다듬어야 하겠습니다.

내일 우리 회사의 홈페이지에 고객 건의 **메뉴를 신설한다.**
→ 내일 우리 회사의 홈페이지에 고객 건의 **메뉴가 신설된다.**

원 문장에는 주어가 없습니다. 문장의 핵심어는 '홈페이지'가 아니라 '고객 건의 메뉴'이기 때문에 '고객 건의 메뉴'를 주어로 해야 더 힘 있는 글이 됩니다.

그 업무는 **굉장히** 쉽게 할 수 있습니다.
→ 그 업무는 **아주** 쉽게 할 수 있습니다.

'굉장히'는 부사로서 그 뜻은 '아주 크고 훌륭하게', '보통 이상으로 대단하게'입니다. 따라서 위 문장에서는 적절한 말이 아닙니다. 이를 '아주'로 고쳐 쓰면 좋겠습니다.

조회가 안 **되시는데요.** → 조회가 **안 되는데요.**

원 문장에서는 '조회'를 높이고 있는데 이는 틀린 표현입니다. '되시는데요.'를 '되는데요.'로 고쳐 써야 하겠습니다.

개선 방안이 있다면 회의가 시작되기 전에 미리 **통지 부탁드립니다.**
→ 개선 방안이 있다면 회의가 시작되기 전에 미리 **알려 주시기 바랍니다.**

두 번째 문장과 같이 쉽게 풀어 쓰면 자연스럽게 읽을 수 있습니다.

며칠 안에 그분을 **소개시켜** 드리겠습니다.
→ 며칠 안에 그분을 **소개해** 드리겠습니다.

원 문장에서와 같이 행위자 자신이 하는 행동을 '한다'고 하지 않고 '시킨다'고 하는 예가 많이 보이는데 이런 표현은 올바르지 않습니다. 따라서 '시키다' 대신 '하다'를 쓰면 됩니다.

방금 전에 들어온 소식을 알려드리겠습니다.
→ **방금** 들어온 소식을 알려드리겠습니다.

'방금(方今)'은 '말하고 있는 시점보다 바로 조금 전'을 뜻합니다. 따라서 '방금(方今)'과 '전(前)'은 뜻이 유사합니다. '방금'이라고만 써도 되겠습니다.

김 과장, 내일 **어쩔려고** 그러는 거야?
→ 김 과장, 내일 **어쩌려고** 그러는 거야?

'어쩔려고'는 'ㄹ'이 잘못 붙여진 말입니다. '어찌하려고'의 준말인 '어쩌려고'가 올바른 말입니다.

이 과장은 둥글둥글한 성격 **탓에** 친한 사람이 많아요.
→ 이 과장은 둥글둥글한 성격 **덕분에** 친한 사람이 많아요.

'탓'은 '부정적인 현상이 생겨난 까닭이나 원인'을 뜻하는 말이므로 주로 부정적인 맥락에서 사용됩니다. '덕분'은 '베풀어 준 은혜나 도움'을 뜻하는 말로 긍정적인 의사 표시에 사용됩니다. 따라서 '탓에'를 '덕분에'로 고쳐 써야 하겠습니다.

00 프로젝트는 우리가 **됐습니다.**
→ 00 프로젝트는 우리가 **낙찰받았습니다.**

원 문장은 문장 성분의 호응이 적절하지 않습니다. '우리가 됐습니다.'를 '우리가 낙찰받았습니다.'로 고쳐 쓰면 되겠습니다.

어제 신입 사원 연수를 **모두** 마쳤습니다.
→ 어제 신입 사원 연수를 **다** 마쳤습니다.

'연수'와 같이 과정에 속하는 것에는 '모두'를 쓸 수 없고 반드시 '다'를 써야 합니다.

내일 인사**차** 방문하겠습니다.
→ 내일 인사**하러** 방문하겠습니다.

'차(次)'는 '목적'의 뜻을 더하는 접미사인데 이를 같은 의미의 순우리말인 '하러'로 고쳐 쓰면 훨씬 더 자연스럽게 읽을 수 있습니다.

리더십은 간부들에게만 **한정**되는 말은 아닙니다.
→ 리더십은 간부들에게만 **국한**되는 말은 아닙니다.

'한정되다'는 '~에 한정되다'로, '국한되다'는 '~에/에게 국한되다'로 쓰이므로, 위 문장에서는 '국한되다'를 써야 하겠습니다.

그 말이 **믿겨지지** 않아. → 그 말이 **믿기지** 않아.

'믿겨지다'는 '믿기다'에 피동의 뜻을 나타내는 '~어지다'가 또 붙어 있으므로 이중 피동이 됩니다. '믿겨지지'를 '믿기지'로 고쳐 써야 하겠습니다.

제가 맡은 소임에 최선을 다하겠습니다.
→ **저의 소임에** 최선을 다하겠습니다.

'소임(所任)'은 '맡은 바 직책이나 임무'를 뜻하므로 '맡은 소임'은 겹말 표현이 됩니다. 이를 '소임'이라고 간결하게 고치면 좋겠습니다.

부장님의 승진을 **기대하고 싶습니다.**
→ 부장님의 승진을 **기대합니다.**

'기대하고'는 희망을 뜻하는 말입니다. 따라서 '싶습니다'를 붙여 쓸 수 없습니다. '기대하고 싶습니다'를 '기대합니다'로 고쳐 써야 합니다.

"그것을 **그분께** 전해 주세요."
→ "000 보고서를 **김 팀장에게** 전해 주세요."

오늘날 직장에서도 카톡을 자주 쓰고 있는데 위 문장처럼 지시대명사가 쓰인 내용을 자주 주고받습니다. 업무 상황을 잘 모르는 사람은 '그것'이 무엇인지와 '그분'이 누구인지를 잘 모를 수도 있습니다. 따라서 대화를 할 때에는 지시대명사를 될 수 있으면 한 쓰지 않는 것이 좋겠습니다. 원 문장을 두 번째 문장과 같이 고쳐 쓰면 상대방이 혼동을 겪지 않습니다.

우리 회사에서는 **오랫만에** 신제품을 출시했습니다.
→ 우리 회사에서는 **오랜만에** 신제품을 출시했습니다.

'오랜만에'는 '오래간만에'의 준말입니다. 명사 '오래간만'의 의미는 '어떤 일이 있은 때로부터 긴 시간이 지난 뒤'입니다.

영업팀 **직원들은** 매월 구체적인 영업 목표를 세워야 한다는 어려움이 있습니다.
→ 영업팀 **직원들에게는** 매월 구체적인 영업 목표를 세워야 한다는 어려움이 있습니다.

'어려움이 있다'라는 표현과 호응하기 위해서는 '직원들에게는'으로 표현하는 것이 자연스럽겠습니다.

부장님이 과장님 **오시랍니다.**
→ 부장님이 과장님 **오라십니다.**

'오시랍니다'는 청자인 과장을 높이는 말이고 '오라십니다'는 발화자인 부장을 높이는 말입니다. 따라서 '오라십니다'를 써야 합니다.

마케팅팀에서는 직원들 간의 갈등이 큰 **문제거리**가 되고 있어요.
→ 마케팅팀에서는직원들 간의 갈등이 큰 **문젯거리**가 되고 있어요.

'문제거리'가 아니라 '문젯거리'가 올바른 말입니다.

그날 이후 **몇일** 동안 고민했습니다.
→ 그날 이후 **며칠** 동안 고민했습니다.

'몇일'은 잘못 쓰인 말입니다. '며칠'이라고 써야 합니다.

김 과장은 격무에 **찌들린** 표정을 짓고 있어요.
→ 김 과장은 격무에 **찌든** 표정을 짓고 있어요.

흔히 '찌들리다'의 꼴로 자주 쓰지만, 이는 잘못 쓰인 것입니다. '찌들다'를 활용한 '찌든'으로 고쳐 써야 합니다.

원활한 업무 진행 되시길 바랍니다.
→ **업무가 원활하게 진행되길** 바랍니다.

부적절한 피동 표현을 쓰고 있어서 어색하게 느껴집니다. 업무를 처리하는 것은 사람이므로, 사람인 주어가 생략되어 있다 하더라도 주동 표현을 쓰는 것이 적절합니다.

내일까지 **하려구요.** → 내일까지 **하려고요.**

어떤 행동을 할 의도나 욕망을 가지고 있음을 나타내는 연결 어미는 '~려고'입니다.

김 부장님은 오늘 회의에 참석하지 못하신**데요.**
→ 김 부장님은 오늘 회의에 참석하지 못하신**대요.**

남의 생각이나 말, 행동을 전할 때에는 '~대요'를 써야 합니다.

오늘도 마무리되지 않으면 **어떻해.**
→ 오늘도 마무리되지 않으면 **어떡해.**

'어떻게 해'가 줄어든 말은 '어떡해'입니다.

그게 **뭐에요**? → 그게 **뭐예요**?

'무엇입니까'의 준말은 '뭐예요'입니다.

자연스런 모습이 보기 좋더군요.
→ **자연스러운** 모습이 보기 좋더군요.

'~스럽다', '~답다' 등의 활용형은 '~스러운', '~다운'으로 씀이 바릅니다. 위 단어를 쓰는 용언은 'ㅂ 불규칙 활용'을 하는 용언으로 'ㅂ'은 모음 어미와 만나면 'ㅜ'로 바뀝니다. '~스런', '~단'처럼 줄여 쓸 수 없습니다.

A안을 택했을 때 효과가 더 **높습니다.**
→ A안을 택했을 때 효과가 더 **큽니다.**

'효과'는 '어떤 목적을 지닌 행위에 의하여 드러나는 보람이나 좋은 결과'를 말합니다. 따라서 '효과가 크다'로 표현하는 것이 더 자연스럽습니다.

보고서는 내일 **보여 줄께.** → 보고서는 내일 **보여 줄게.**

'~ㄹ께'는 자주 틀리는 말입니다. 우리말에는 '~ㄹ께'라는 말이 없습니다. '~할께'라는 말도 '~할게'로 고쳐 써야 합니다.

이번 교육과정에는 **평소 때보다** 많은 직원이 참여하였다.
→ 이번 교육과정에는 **평소보다** 많은 직원이 참여하였다.

평소의 뜻은 '특별한 일이 없는 보통 때'입니다. 따라서 '평소 때'는 겹말이 됩니다.

이 과장은 **좋아라 하면서** 그것을 받아갔습니다.
→ 이 과장은 **좋아하면서** 그것을 받아갔습니다.

'~아라/어라'는 명령/감탄의 종결어미이므로 그 뒤에 또 다른 어미나 활용이 올 수 없습니다.

참으로 **쑥쓰럽네요.** → 참으로 **쑥스럽네요.**

ㄱ/ㅂ 받침 뒤에서 나는 된소리는 같은 음절이나 비슷한 음절이 겹쳐 나오는 경우가 아니면 된소리로 적지 않습니다(예: 넙죽, 삭둑).

그 행사에 안 가볼 수는 **없잖냐**?
→ 그 행사에 안 가볼 수는 **없잖으냐**?

'없지 않다'의 물음을 나타내는 종결어미는 'ㄹ'를 제외한 받침 있는 형용사의 어간 뒤에 붙는 '~으냐'입니다. 따라서 '없지 않으냐' 또는 '없잖으냐(없지 않으냐의 준말)'가 올바른 말입니다.

그리고나서 다음 질문을 했어요.
→ **그러고 나서** 다음 질문을 했어요.

접속부사 '그리고'의 뒤에는 보조사(~나서, 은/는 등)를 붙일 수가 없습니다.

총 세 시간에 **거친** 문서 작업을 한 후에 일을 마무리했습니다.
→ 총 세 시간에 **걸친** 문서 작업을 한 후에 일을 마무리했습니다.

'일정한 횟수나 시간/공간을 거쳐 이어지다.'라는 뜻을 가진 말은 '거치다'가 아니라 '걸치다'입니다.

친절하고 자세하게 **설명을 해** 주셔서 감사합니다.
→ 친절하고 자세하게 **설명해** 주셔서 감사합니다.

원 문장에서 '을'은 군더더기입니다. 이를 없애면 좋겠습니다.

그는 자신이 평가와 교육 등에서 **불이익을** 받고 있다고 생각한다.
→ 그는 자신이 평가와 교육 등에서 **불리한 대우를** 받고 있다고 생각한다.

명사의 뜻을 가진 한자어(이익)와 '불(不)' 자가 어울려 그 뜻을 부정하려고 '불이익'이라는 말을 썼는데 이는 기형어입니다. '불이익을'이라는 말을 '불리한 대우를' 또는 '불리한 처우를'로 고쳐 써야 하겠습니다.

그 당시 **김 대리에게 주어진** 일은 교육장 관리였습니다.
→ 그 당시 **김대리가 맡은** 일은 교육장 관리였습니다.

피동 의미를 지닌 말을 반의어로 바꾸어 주면 우리말다운 문장이 됩니다.

000 팀장은 매출액 120% 성장을 이끈 **장본인**입니다.
→ 000 팀장은 매출액 120% 성장을 이끈 **주인공**입니다.

'장본인(張本人)'의 '어떤 일을 꾀하여 일으킨 바로 그 사람'입니다. 이 말은 주로 부정적인 의미로 쓰이므로 '주인공'으로 바꾸어 써야 하겠습니다.

가장 큰 문제는 두 부서 간의 갈등이 날로 커지고 **있다.**
→ 가장 큰 문제는 두 부서 간의 갈등이 날로 커지고 **있다는 사실이다.**

원 문장에서는 주어와 서술어가 잘 호응하지 않습니다. '커지고 있다.'를 '커지고 있다는 사실이다.'로 고쳐 썼습니다.

마케팅팀 직원들을 대상으로 **설문을** 돌렸습니다.
→ 마케팅팀 직원들을 대상으로 **설문지를** 돌렸습니다.

'설문을 돌렸습니다'는 어색한 표현이므로 '설문지를 돌렸습니다'로 고쳐 썼습니다.

일단 경위서부터 받도록 해.
→ **먼저** 경위서부터 받도록 해.

한자어인 '일단' 대신 쉬운 우리말인 '먼저'를 쓰는 게 바람직하겠습니다.

부재 시 메시지 부탁드립니다.
→ 부재 시에는 메시지를 남겨 주시기 바랍니다.

'부재 시'라는 말 뒤에 조사 '에는'을 붙여 써야 합니다. '메시지 부탁드립니다.'는 어색한 표현이므로 '메시지를 남겨 주시기 바랍니다.'로 고쳐 쓰는 게 좋겠습니다.

이 사업의 성패는 전문 인력의 영입에 **달려 있다고 해도 과언이 아니다.**
→ 이 사업의 성패는 전문 인력의 영입에 **달려 있다.**

문장은 될 수 있으면 간결하게 구성하는 것이 좋습니다. '달려 있다고 해도 과언이 아니다.'를 '달려 있다.'로 고쳐 쓰면 간결한 문장이 됩니다.

김 과장은 이번에 **혼줄**이 좀 나 봐야 해.
→ 김 과장은 이번에 **혼쭐**이 좀 나 봐야 해.

'혼줄'은 잘못 쓰인 말입니다. '혼쭐'로 써야 합니다.

곰곰히 생각을 해 봐. → **곰곰이** 생각을 해 봐.

'곰곰히'는 '곰곰이'를 잘못 쓴 말입니다.

이사님, 김 팀장이 지금 여기에 **도착하셨습니다.**
→ 이사님, 김 팀장이 지금 여기에 **도착했습니다.**

청자가 문장의 주체보다 높은 사람인 경우에는 높임의 어미 '~시'를 쓸 수 없습니다.

김 차장이 재작년 00 행사 때 실수한 것은 아직도 사내에서 **회자**되고 있어요.
→ 김 차장이 재작년 00 행사 때 실수한 것은 아직도 사내에서 **얘기**되고 있어요.

'회자(膾炙)'는 '회와 구운 고기'라는 뜻으로, 칭찬을 받으며 사람의 입에 자주 오르내림을 이르는 말입니다. 좋은 일로 얘기될 때 쓰이는 말이므로 '회자'를 '얘기'로 바꾸어야 하겠습니다.

저희 회사는 후자의 **입장**에 서 있습니다.
→ 저희 회사는 후자의 **위치**에 서 있습니다.

'입장'은 '당면하고 있는 상황'을 뜻하므로, '입장에 서 있다'라는 표현은 어색합니다. 또 '입장'은 일본어에서 온 말이므로 '후자의 위치에 서 있다'로 표현하는 것이 좋겠습니다.

김 차장은 **거저** 쳐다보기만 해.
→ 김 차장은 **그저** 쳐다보기만 해.

'거저'는 '아무 노력이나 힘을 들이지 않고'를 뜻하고, '그저'는 '어쨌든 조건 없이'를 뜻합니다. 따라서 이 문장에서는 '그저'를 써야 맞습니다.

나와 한 약속을 **위반하면** 안 돼.
→ 나와 한 약속을 **어기면** 안 돼.

'위반하다'는 개인 간의 약속에는 쓰이지 않는 말이므로 '위반하면'을 '어기면'으로 바꾸어야 합니다.

왜냐하면 우리 회사는 그런 일을 해 본 적이 **없어.**
→ 왜냐하면 우리 회사는 그런 일을 해 본 적이 **없기 때문이야.**

부사어 '왜냐하면'과 서술어인 '~없어.'가 제대로 호응하지 않습니다. '~없기 때문이야.'로 고쳐 쓰면 되겠습니다.

이번에 **회사의 조직 개편의 단행을** 보고 많은 것을 느꼈어.
→ 이번에 **회사가 단행한 조직 개편을** 보고 많은 것을 느꼈어.

관형격조사 '의'가 두 번이나 쓰이면서 자연스럽지 않은 문장이 되어 버렸습니다. 두 번째 문장과 같이 '의'을 빼고 구체적으로 서술하면 좋겠습니다.

그건 **옥의** 티야. → 그건 **옥에** 티야.

'옥의 티'는 잘못 쓰인 표현입니다. '옥의 티'가 바릅니다.

저희 회사로 오시겠습니까?
→ **우리** 회사로 오시겠습니까?

'저희 회사'를 겸양의 뜻으로 쓸 수도 있지만 '회사'의 구성원 모두를 낮추는 것이 바르지는 않습니다.

그곳에는 **두 팀장이** 있었습니다.
→ 그곳에는 **팀장 두 명이** 있었습니다.

우리말에서는 사물을 앞세우고 그 수량을 나중에 표현하는 게 일반적입니다.

즐거운 하루 **되세요.** → 즐거운 하루 **보내세요.**

이는 '(당신이) 즐거운 하루가 되세요.'라는 의미인데, 사람이 하루가 될 수 없기 때문에 우리말 어법에 맞지 않습니다. 따라서 '즐거운 하루 보내세요.'로 고쳐 써야 합니다. '좋은 하루 되세요.'도 '좋은 하루 보내세요.'로 고쳐 쓰는 것이 올바릅니다.

아직 담당 업무에 **익숙치** 않아요.
→ 아직 담당 업무에 **익숙지** 않아요.

접미사 '~하다'가 줄어든 꼴은 용언의 활용 형태가 부사로 전성된 것으로서 '~하다'의 활용형으로 볼 수 없습니다. 그러므로 소리 나는 대로 적어야 합니다. 이때 앞 음절의 끝소리가 무성음이면 '하'가 줄어듭니다.

그 일을 **하던지 말던지** 네가 알아서 해라.
→ 그 일을 **하든지 말든지** 네가 알아서 해라.

선택에 대한 것이기 때문에 '~든지'를 써야 합니다. 과거를 추측하고 어떤 일의 원인을 생각할 때는 '~던지'를 씁니다.

이 대리는 **제품 광고 기획도 하고, 신입 사원 교육 계획도 수립하고, 제품 광고 문구도 쓰고, 직접 신입 사원을 교육하기도 하고 교육 결과 보고서도 씁니다.**
→ 이 대리는 **제품 광고를 기획하거나 제품 광고 문구를 쓰는 일을 합니다. 신입 사원 교육 계획을 수립하거나 직접 신입 사원을 교육하기도 하며, 교육 결과 보고서를 쓰기도 합니다.**

'~'가 계속 이어지면서 문장이 늘어졌습니다. 두 번째 문장과 같이 유사한 내용을 묶어서 2개의 문장으로 나누어 주면 좋습니다.

무슨 일이라도 **있으신 것입니까?**
→ 무슨 일이라도 **있으십니까?**

'무슨 일이라도 있으신 것입니까?'를 '무슨 일이라도 있으십니까?'라고 고쳐 쓰면 문장이 좀 더 자연스럽고 간결해집니다.

나. 띄어쓰기

틀린 표기	바른 표기	틀린 표기	바른 표기
교육 받으러 갔다.	교육받으러 갔다.	술 한잔하러 가자.	술 한잔 하러 가자.
그것참, 안 됐네.	그것참, 안됐네.	우리회사	우리 회사
그때까지 끝내지 않으면 안된다.	그때까지 끝내지 않으면 안 된다.	이 일 저 일	이일 저일
그럴 듯하네.	그럴듯하네.	일이 잘 되어 간다.	일이 잘되어 간다.
그 정도되면	그 정도 되면	자금사정	자금 사정
김차장	김 차장	잘못알려져 있다.	잘못 알려져 있다.
둘다	둘 다	잘 못한 일	잘못한 일
무엇때문에	무엇 때문에	잘 안 된다.	잘 안된다.
무엇하러	무엇 하러	잘 하는 것 같다.	잘하는 것 같다.
뭐니뭐니해도	뭐니 뭐니 해도	터무니 없는	터무니없는
보고 싶어하는	보고 싶어 하는	혼날까봐	혼날까 봐
보잘 것 없는	보잘것없는	20일 간의 교육	20일간의 교육